李之藻集

〔明〕李之藻撰
鄭誠輯校

中華書局

圖書在版編目(CIP)數據

李之藻集/(明)李之藻撰;鄭誠輯校. —北京:中華書局,2018.6
ISBN 978-7-101-12680-8

Ⅰ.李… Ⅱ.①李…②鄭… Ⅲ.李之藻(約1565~1630)-文集 Ⅳ.I214.82

中國版本圖書館CIP數據核字(2017)第162842號

責任編輯:孟慶媛

李之藻集

〔明〕李之藻 撰

鄭 誠 輯校

*

中華書局出版發行

(北京市豐臺區太平橋西里38號 100073)

http://www.zhbc.com.cn

E-mail:zhbc@zhbc.com.cn

北京瑞古冠中印刷廠印刷

*

850×1168毫米 1/32 · 8印張 · 4插頁 · 136千字

2018年6月北京第1版 2018年6月北京第1次印刷

印數:1-2000册 定價:36.00元

ISBN 978-7-101-12680-8

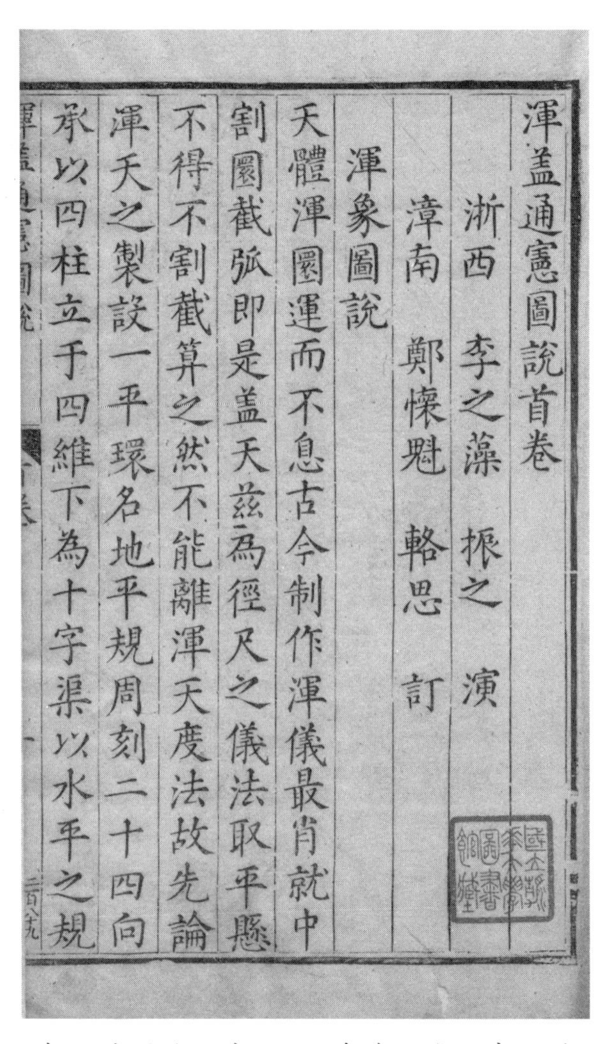

渾蓋通憲圖說首卷

浙西　李之藻　振之　演

漳南　鄭懷魁　輅思　訂

渾象圖說

天體渾圜運而不息古今制作渾儀最肖就中割圜截弧即是蓋天玆為徑尺之儀法取平懸不得不割截算之然不能離渾天度法故先論渾天之製設一平環名地平規周刻二十四向承以四柱立于四維下為十字渠以水平之規

渾蓋通憲圖說　首卷　二百八九

李之藻渾蓋通憲圖說，清華大學圖書館藏

萬曆三十五年刻本

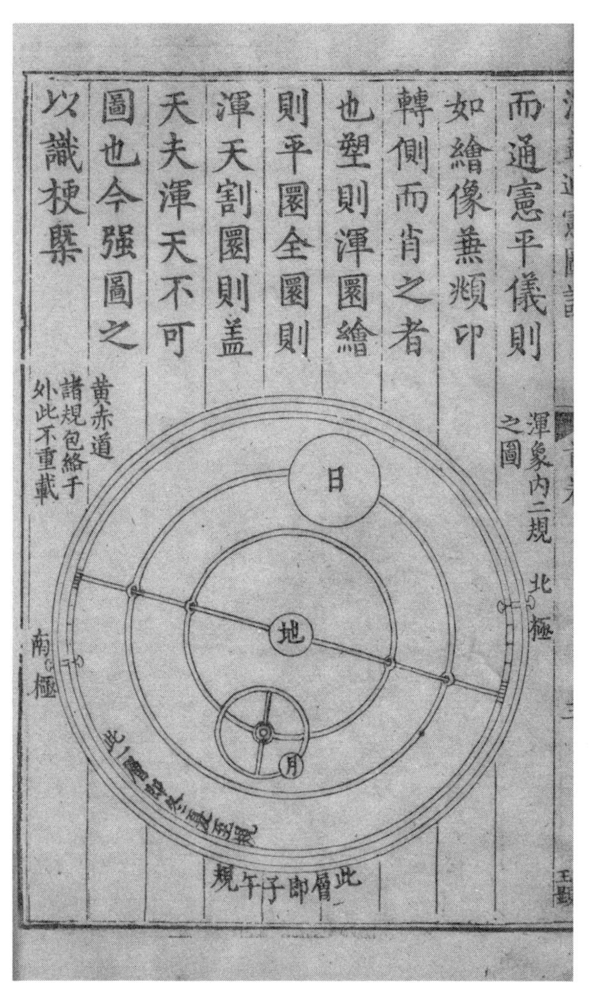

而通憲平儀則如繪像兼顯印轉側而肖之者也塑則渾圜繪則平圜全圜則渾天割圜則蓋天夫渾天不可圖也今强圖之以識梗槩

李之藻渾蓋通憲圖説，清華大學圖書館藏

萬曆三十五年刻本

Ham Cheu 30 maii 1626
Doctor Leam

Pax Xpi.

Ly Leam humilde discipulo e servo do Oriente com profundo respeito a Vossa Paternidade no grande Occidente em Roma.

Corria, depois que Christo Nosso Senhor nasceo da Virgem Maria, o anno de 1599, quando por occasiaõ de officios em que sem meus merecimentos me occupou el Rey fui a Pequim Corte deste Reyno nella por grande graça de ceo e ventura minha alcansey ver e tratar o Padre Matheus Ricio, e ouvir delle a verdadeira ley do Trino e Uno. Passaraõ se 10 annos no fim delles, cayi em hua perigosa doença que Nosso Senhor me mandou pera me dar vida e saude nalma, recebi o santo baptismo mas minha frieza e descuido foi causa que sendo os annos tantos seja a virtude mui pequena os Padres que desta Europa vem, imitando o piadoso coraçaõ de Christo Nosso Senhor, naõ me lançaraõ de si ainda que me viraõ tam desaproveitado discipulo antes cada dia e cada hora despertavaõ minha tibieza, e esforçavaõ minha fraqueza procurando que eu saisse das maõs de meus tres crueis inimigos, e com as lembranças de outra vida fizeraõ que o temor enfreasse meus passos. V. P. agora pera me animar a responder a minha obrigaçaõ, me fas merce de me escrever, e ainda fazer participante dos ricos thesouros dos merecimentos de seus santos religiosos merces a que minhas forças e merecimentos saõ totalmente desiguaes. Naõ acho em mi por onde merecesse chegar meu nome a Europa, nem fisco serviço aos Padres que merecesse escrever-se a V. P. mas tudo entendo saõ traças de V. P. e suas pera com ellas me adiantarem na virtude.

A pregaçaõ do Santo Evangelho neste Reyno confio que o Ceo a tem tomado muito a sua conta, porque quando o Padre Matheus Ricio entrou na Corte foi do Rey Vanlie, avô do que agora reina bem tratado com venda em vida e com honrada sepultura em morte. Os annos passados estando eu na Corte e os Padres haviam tanto fora della, tomando occasiaõ dos trabalhos em que o Reyno estava, dey memorial a el Rey representandolhe quanto de seu serviço seria se mandasse chamar os Padres Manoel Dias que agora he Viceprovincial e o Padre Nicolas Longobardo companheiros antigamente do Padre Matheus Ricio. Deu Deus Nosso Senhor bom despacho a nossos deseios, porque el Rey cometeu a consulta do negocio ao tribunal a quem tocava, e tendo delle boa reposta, foraõ ambos os Padres chamados a Corte, onde agora estaõ 2 e outros Padres em paz fazendo com sua estada na Corte que a tenhaõ em todo o Reyno os mays Padres. Merces que todos reconhecemos seraõ dadas de todo poderoso que toca e move os coraçoes dos Reys. Contudo considerando os trabalhos que os Padres passaõ assi em passar taõ longos mares, como em passar a vida em Reynos estranhos, e por outra parte considerando que ainda a ley de Deus naõ he recebida em todo o Reyno naõ posso deixar de ter grande sentimento, e culpar a frieza e peccados dos que ia somos christaõs que parece saõ o impedimento, por isso me envergonho muito mais das merces que V. P. me fas. Meus dias parece que ia naõ seraõ muitos as traças do ceo saõ grandes e podesse confiar em Deus leve adiante o que neste Reyno començou, eu procurarei esforcarme e cooperar com as merces que Deus me fas pera que alcanse a gloria que me promete. Posto no Oriente com os olhos no Occidente bato com a cabeça em terra diante de V. P., e dou de todo coraçaõ as graças que devo. Deseiei offerecer deste Reyno algũ serviço a V. P. mas nenhũ me pareceu V. P. estimaria

26

92

李之藻上耶稣會總會長書，耶稣會羅馬檔案館藏葡萄牙文本抄件（漢譯本見本書第一三九頁）

mais que os trabalhos de seus sanctos filhos, e por isso mando a V.P. os livros que elles neste Reyno ate agora tem feito, com outros de cousas do nosso Reyno que eu fis os annos passados. De Ham Cheu 30 de Mayo de 1626.

Vossa Paternidade

Servus Leam

李之藻上耶穌會總會長書，耶穌會羅馬檔案館藏葡萄牙文本抄件（續前）

目録

卷六　雜著…………一三五

附録一　著譯序跋

附録二　傳記資料 …… 一八〇

整理説明

李之藻（約一五六五—一六三〇），字振之，號我存，浙江仁和（今杭州市）人，萬曆二十六年（一五九八）進士。萬曆三十八年二月（一六一〇年三月），從利瑪竇（Matteo Ricci，一五五二—一六一〇）接受天主教洗禮，教名Leo，故又號涼庵。李之藻長期任職工部，自主事昇員外郎，外放主考福建鄉試（一六〇三），昇郎中，都水北河（一六〇四—一六〇五駐張秋），京察落職回鄉（一六〇五—一六〇八），補開州知州（一六〇八—一六一〇），改南工部員外、郎中（一六一〇—一六一一），守制鄉居（一六一一—一六一四），管理南河（一六一五—一六二〇駐高郵）。天啓元年（一六二一）晉光禄寺少卿，管理京師軍需，二年改太僕寺少卿，次年受劾歸鄉。崇禎二年（一六二九）復起，三年夏抵京參與修訂曆法，當年九月二十七日（一六三〇年十一月一日）病逝。

徐光啓（一五五七—一六三三）、李之藻、楊廷筠（一五五七—一六二七），合稱明末天主教三柱石。作爲明朝官員，李之藻保護在華耶穌會士，向明廷推薦傳教士修改曆法，後藉傳教士之助，聯絡澳門葡商，引進西洋大砲，對抗後金威脅。作爲學者，自一六〇一年結識利瑪竇以降，李之藻參與編譯、校刻了大量西學著作。地理學如坤輿萬國全圖（一六〇二）、天文學如渾蓋通憲圖説（一六〇七），幾何如圜容較義（一六〇八）、筆算如同文算指（一六一四），宇宙論如寰有詮（一六二八）、邏輯學如名理探（一六三九）。天啓末年編纂天學初函，分理、器二編，彙集天主實義、幾何原本等著譯作品二十種，爲西學東漸三十年成績作一總結。曾德昭（Alvaro Semedo，一五八五—一六五八）這樣回憶李之藻：「神父們譯成中文的神學或科學方面的書籍，有的包括很多卷，幾乎没有一本不經過他的手。他要麼親自校正，要麼幫助我們做，要麼給予新的修飾，或者加一篇他自己的序言和其他文字使它更具權威。他做這些工作有説不出的快樂，他最高興接受的禮物莫過於我們用中文刊印的新書。」〔二〕。假如没有李之藻這位醉心新知的「聰明了達」之士（楊廷筠同文算指通編序引利瑪竇語），十七世紀中西交流的精神遺産恐將減色。換言之，晚明漢譯西學的面貌，也受到李之藻個人興趣的强烈影響。

與此同時，李之藻仍是一位傳統時代的士大夫，無論是修訂曆法、引進火砲，還是治

〔一〕曾德昭著、何高濟譯大中國志（商務印書館，二〇一二），頁三四〇。

理運河、復興儒家禮樂(編著頖宫禮樂疏),皆可歸入經世範疇,而西學乃其一助。崇禎二年(一六二九),北上京師途次,李之藻爲友人新刻文文山先生集作序,將擔當綱常大節,直面死亡,解釋爲神恩助佑下自由意志的選擇,亦不失爲援耶補儒的體現。

李之藻的主要著譯作品近年多已影印或整理出版。然而迄今尚無一部較爲完備可靠的文集能够彙集零散篇章,方便閲讀研究。

回顧明清間結集情況。崇禎間韓霖輯守圉全書(一六三六),卷首采證書目列有李冏卿疏,卷内選録李之藻奏疏三篇。陳子龍等編皇明經世文編(一六三八)選輯李我存集,收録疏、議各三篇。清初錢塘孫治(一六一九—一六八三)撰有李我存先生文集序(孫宇台集卷六)。惜李冏卿疏與李我存先生文集未聞傳世。

二十世紀初,徐允希編輯增訂徐文定公集(一九〇九),卷六附李之藻文稿,收録序引十篇。徐宗澤增訂是集(一九三三),補充皇明經世文編所收疏、議,共得十六篇。方豪著李我存研究(一九三七),開列李之藻遺文總目二十五篇,其中罕見者五篇,全文附載。近三十年後,方豪李之藻研究(一九六六)更新遺文目録,凡四十三篇,惜未就此編纂成集。近年李天綱編明末天主教三柱石文箋注(二〇〇七),選注李之藻文十六篇,未出方豪目録範圍。

本次輯校李之藻集，以李之藻研究開列詩文篇目爲基礎，增益十一種，共得五十四篇。新增者：萬曆甲午浙江鄉試策對，萬曆戊戌會試制藝、論各一篇，萬曆癸卯福建鄉試策問二篇（附策對一篇），張秋地平日晷銘、恭進收貯大砲疏、通鑑紀事本末前編序、頖宫禮樂疏凡例、獻徵役言集敘、上耶穌會總會長書。全書按文體分類，釐作六卷。卷一策三篇、卷二奏疏四篇并手本一篇、卷三議三篇、卷四序跋題辭二十六篇、卷五書啓十通，卷六雜文五篇、詩一首、漢譯葡文信札一通。篇目各題下注著作年代，推測未定者加方括號。

附録一著譯序跋，收録坤輿萬國全圖、渾蓋通憲圖説、同文算指、頖宫禮樂疏、名理探、李我存先生文集六種作品序跋題辭，凡二十二篇。附録二傳記資料，參考李之藻研究及近十年新發現之教會先哲遺文及史料要目（上智編譯館館刊第二卷第六期，一九四七），稍加增廣，包括履歷便覽、志書小傳、誥命、碑記、投贈詩文等。附録三李之藻著譯編校作品知見録，著録現存明刻本或最早版本。全書末附人名索引。

本集文獻來源多樣，版本擇善而從，分别注明。録文重加標點分段，取消原有提行抬頭。除己巳之類徑改，異體字酌情統一，凡改動底本，均出校記。編者所加説明文字，置於魚尾括號【　】内。校勘疏漏之處，敬祈讀者指正。李氏佚文，或有遺珠，尤望博雅，垂示綫索。

自二〇〇八年春著手編纂，荏苒十載，成此小册，師友嘉惠良多。韓琦、江曉原、陳長文、湯開建、黄一農、徐光台、馮立昇、肖清和、常修銘、汪小虎、陳志輝、常佩雨、施恬逸、Nicolas Standaert（鍾鳴旦）、Brian Mac Cuarta、方一兵、杜新豪、李萌，或寄贈資料，惠允流布；或賜教鼓勵，釋難解疑。金國平先生迻譯葡文信札，孟慶媛女士精心編輯，校對組同志多有匡正，尤爲可感。中國國家圖書館、中國科學院圖書館、自然科學史研究所圖書館、北京大學圖書館、清華大學圖書館、上海圖書館、復旦大學圖書館、重慶圖書館、「國家圖書館」（台北）、傅斯年圖書館、香港大學圖書館、耶穌會羅馬檔案館、美國國會圖書館等機構，提供文獻支持，統此致謝。

鄭誠

二〇一四年三月七日初稿

二〇一七年十一月九日修訂

中國科學院自然科學史研究所

zhengcheng@ihns. ac. cn

李之藻集卷一　策

浙江鄉試策　君德〔一〕

問：宋儒有曰，君德之清明，君身之强固，正人君子所深願。是固愛君者所宜效

〔一〕擬題。據萬曆二十二年浙江鄉試録（中國國家圖書館藏萬曆刻本）録文，第三場策第一問（10a—11b）、考官批語（63a—b）、李之藻策對（63b—74b）。該科「中式舉人九十名」，「第四十名李之藻杭州府學生，易」（19b）。是書有丁丙、邵章跋語。丁丙跋云：「天一閣書目列各省鄉試録，浙江凡永樂一册、天順一册、成化四册、宏治七册，正德兩册、嘉靖八册，獨無萬曆朝。兹爲萬曆二十二年甲午科鄉試録，款式與今時大畧相同。其中知名者惟李之藻爲最著，可見仍不以科名爲重云。甲午去今二百八十載，官書猶未磨滅，當亦掌故家所不廢者也。」鈐朱文楕圓印「丁丙」、朱文方印「光緒/辛巳/所得」。邵章跋云：「此萬曆二十二年甲午科浙江鄉試録，舊藏丁氏八千卷樓，松生世丈有跋語，甲子中秋得于京師廠肆。是科考試官甫三遣京秩，一洗教官主試之弊。崇仁吴文恪公道南與方從哲同相，忠讜之忱，已見於第一策問中。維時江陵罷政，神宗日事宴游，羣臣經年不獲一覲。仁和李之藻振之以策對見賞，文恪刊于録中，極論人君居内居外之要。厥後任南京太僕少卿，精嫻西算，與徐光啓同訂曆法，著述綦富，誠松丈所謂是科最著之人物也。惜閔夢得與温體仁、（轉下頁注）

矣。乃有謂與賢士大夫處，久熟則生敬愛，以養成聖德者。有謂居内之日常少，居外之時常多，以養壽命之源者。此其機果可必之於臣歟？且居外則必親賢矣，而兩者之言，各有所指，何歟？周禮一書，朝士所不至者惟内廷；月令所紀，天子四時所居各異。向此其裨益可殫述歟？或謂内外之分起於漢，人主始與左右習。乃決事齋居，談經虎觀，文學更直内殿，輔臣召對天章，未嘗寥寥曠絶也，而治不古若，何歟？我太祖高皇帝獨稟全智，成祖文皇帝德備明聖，憂勤惕勵，度越千古。其所爲親賢人、居外廷，亦可指其梗概歟？列聖相承，竝隆茲道，皇上率而由之有年矣。乃自命

（續上頁注〔一〕）閔洪學同鄉，阿進僭至兵尚，厠身佞倖。而施鳳來以鼎甲入閣，媚閹麗逆，詒羞同榜。薰蕕殊臭，千載不滅，良可慨也。是科得進士先後計四十人：萬曆（丁）〔乙〕未有董嗣昭、馮若愚、費兆元、朱瑞鳳、錢中選、褚繼良、楊廷槐、邵輔忠。戊戌進士有項（惟）〔維〕聰、金應鳳、黄克謙、倪朝賓、李之藻、駱騂曾、王以寧、喻安性、沈肇元、閔夢得、趙會禎。辛丑進士有譚昌言、傅賓、馮時俊、吴光翰、姚會嘉、華士嶙、李葆素、王繼賢、趙世禄、李奇珍。甲辰進士有侯傅邦、陳伯龍。丁未進士有徐調元、陳繼徵、施鳳來、金世俊、錢文薦、許達道、馬德澧。癸丑進士有沈鳳超、周用賓。教官爲考試及同考官，昭代行之，殆二百年。至是惟同考參用四人，又薦卷則自一人至五人不等，蓋與後來分房閱卷之例有間。而策問中則對考官稱執事，亦後來罕見者。余得是册後，復於乙丑夏得成化四年戊子科浙江鄉試録，於有明初晚科舉之制，可以得其大凡矣。乙丑七夕伯絅邵章記於萬松蘭亭齋。」鈐白文橢圓印「邵章」。

輔臣撰四箴，以後不無少遜於初者。意者深宮獨處，時有所儆歟？果爾，豈無有真功實驗可質諸經訓者歟？兹二書俱在，誠欲採其至要，以爲聖德聖躬之一助。爾諸士其各攄所願以對。

自古帝王含靈體睿，延祚凝禧，而爲民物所寄命。惟是養德養身，得其所藉云。養德在乎親賢，而苟跡絶於廣廈細旃，聽逖於疇諮清問，即使静葆深宮，恬怡内禁，而要非毓粹之上務；養身在於居外，而苟情昵於邃閣曲房，意惑於韶華麗色，即使燕遊適節，起居合度，而要非延歷之至計。是故資啓沃之功，念昌盈之候，在昔願忠之士，莫不以此惓惓屬望於其君。彼非不知方正難合，柔曼易親。聽朝臨御，嚴憚之易疎；嬉笑燕遊，縱肆之足逞。而顧欲以區區之見，禁切其所甚便，而强而邀之以其所不堪也。

人主一人之德，天下萬世瞻仰之德也。假令德不清明，即天下萬世之精神無與貫矣。人主一人之身，天下萬世聯屬之身也。假令身不强固，即天下萬世之命脈無所繫矣。正人君子思以聯絡天下萬世之精神，延續天下萬世之命脈，而安得不自其精神命脈之所爲樞紐關鍵者，以厚爲之望。試使人主備神聖之德，享壽考之齡，清明在躬，强固無恙，長爲天下萬世民物所憑藉，則豈惟社稷蒼生實受其福，而爲臣子者抑亦與有榮施。故曰，正人君子所深願。旨哉！真德秀氏之言。蓋上佐之弘軌，藎臣之極思也。

顧夫德難養也，而人主之德尤難。自非日近賢臣，則一暴十寒，一傅衆咻，而薫陶漸染之益，奚自而施？身難養也，而人主之身尤難。自非日御外廷，則快意當前，逢迎在廁，而嚴恭寅畏之衷，奚自而啓？故謂與賢士大夫處，久熟則生敬愛，以養成聖德者，程頤之説是也。要之，清心即所以寡欲。寡欲之主，居外必多矣。謂居内之日常少，居外之日常多，以養壽命之源者，魏了翁之説是也。要之，寡欲即所以清心。清心之主，親賢必密矣。兩者之言，事固相因，義非偏指。第恐臣冀其久，君樂其暫，始因暫以成疎，旋因疎以成隔，而愛敬日弛，乃并其暫者而無之，即正人如君何？臣幸其多於外，君便其多於内，始溺安以成習，繼久習以爲常，而政事厭忽，乃并其外之少者而無之，即君子如君何？如是，則雖有其願，恐亦未必能遂其願也。執事以爲機不可必之於臣，諒矣。

追惟曩古，周道方醲，宫府一體，泰交時際，晉接日勤。讀周禮一書，自太宰而下，或掌王宫之政令，或掌王宫之戒令，或外領章奏，内頒誥勑，以至宫中日用，罔不統轄，何聯屬之靡間也。月令所紀，天子春則居青陽，夏則居明堂，秋則居總章，冬則居玄堂，以至左个右个，皆以時序，何臨御之不爽也。當時地不間於内外，情不踈於堂陛，人主日聞正言、見正事，對法從之森嚴，睹庭燎而儆惕，用以湛主德而福王躬。而彼其神聖顯懿之德，遂以光史册而耀千古。即其享國長久，亦往往至於數十百年不化。夫非親賢臣、御外廷，何以至斯？漢初此意猶存，迨後武帝内侍日親，外廷日踈。面折廷諍者，臥之淮陽；正誼明道者，寘之膠西；而順容諂施之人，附鐺耳而關國命。嗣是以來，益成曠絶。人主所與朝夕親暱者，惟是宦官宫妾之輩。而羣臣延望清光，若上帝神明之不可嚮邇，得一奉謦欬盻睞，而以爲不世之奇遇。即有齋居之宣，談經之章，更直内殿之文皇，召對天章之仁宗，而故事是遵，虚文徒飾，實心實效，渺無可憑，則亦無足稱數于明盛之世矣。

恭惟我太祖高皇帝，獨稟全智，而講筵便殿之御，燕見不時。嘗諭侍臣曰：「朕夙興視朝，日高始退，至午復出，迨暮乃罷。日間所決事務，恒默坐審思，有未當者，雖終夜不寐，籌慮得當，然後就寢。」誦斯言也，太祖之居内有幾乎？故賢人日親，而燕翼永垂也。成祖文皇帝，德備明聖，而奉天、左順等門，從容時御。嘗諭侍臣曰：「朕與卿等論政事，每不覺坐久。或謂朕曰，語多傷氣，非調養之道，當務簡默爲貴。朕語之曰，人君固貴簡默，但天下之大，民之休戚，事之利害，必廣詢博訪，然後得之。」繹斯言也，成祖之居外常多乎？故正人與居，而鴻業再造也。列聖相承，竝隆兹道，平臺煖閣之中，時賜便見。九列百司咸召，不獨元寮，内外融洽，相得益章。而聖德愈以清明，聖躬愈以強固，皇皇乎直仰追姬轍，而寘漢唐宋之陋軌於下風。其爲聖子神孫萬世法程至明也。

我皇上紹天闡繹，率祖攸行，乃邇年以來，經幄稀親，朝儀時曠。蓋自命輔臣撰思政、省心、養心、樂志四箴以後，羣臣不復得聞交儆之謨，而相與稍致疑於初政之少遜。執事抱補闕之遐思，切危明之深恤，引宋儒之讜論，述周官、月令之芳規，而發策諸生，圖所以仰裨淵嶽者。夫愚何足以及此？抑有之，不顯亦臨，無射亦保，獨難欺也；鼓鐘於宫，聲聞於外，幾難掩也。誠使淵蜎蠖濩之中，自有觸目惕心之助，臣子將祇承不暇，何俟於贅。萬一檢制稍疎，調護稍闕，款款之愚，將有不能終默者，請頌言而無諱，可乎？

夫治朝聽治，以至内朝庭朝，不厭其煩，所以勤政也。儻一於宴息，已當思嚮明之義，況乃卜晝而卜夜，無乃益爽其會朝之候乎？盛德在木，天子乃齋，以至四序之令，罔有不秩，所以若時也。儻一於固藏，猶恐悖發散之仁，況乃宜静而或躁，將何以使心氣之定乎？遣代之命，已非一日。顧郊廟明禋，必須對越。則所云張帷幕、視犧牲，似當踵而行之，以表洋洋之誠。静攝之旨，固已屢下。顧朝覲大典，豈容久曠。則所云安形性、節嗜欲，似當則而效之，以彰穆穆之容。兩宫助賑，均分猷念。謂宜推文於不會，以成其均壹之愛，令橐筆之臣藉是以稱揚其德，斯不亦融融洩洩之樂乎？元子出閣，計關國本。謂宜重高禖之應，以顯其福履之綏，令却座之臣無從而裁抑其過，斯不亦雝雝肅肅之分乎？星禬見於薇垣，雷火近於宫掖，天心仁愛至矣。乃春秋令木鐸修火禁，俾日月星辰之行，無失經紀，或亦省歲之義當思也。而深宫獨處，則孰爲之交儆焉？道殣徧於中原，莽骨露於邊塞，民生不惠極矣。乃以生萬民，以養萬物，無殺孩蟲鷇鳥，或亦不忍之念當推也。儻叫閽無地，則孰爲之籲控焉？功疑於過，俱已蒙宥。乃建言之臣，概欲錮之於聖世；一眚之微，必不復稽其素行。則所謂推賢達吏、遂傑俊、舉長大[一]，豈借才於異代歟？出浮於入，幾於不支。乃滇南之金例，數日增而取盈；江南之陶織，製日新而不已。則所謂謹式貢餘財，以遠近之土宜爲度，豈可不酌諸廷論歟？諸如此類，未可枚舉。以皇上之明聖，何難於振勵。乃草莽之臣，猶摭述其梗概以抒悰於萬分之一二。毋亦賢人君子，疎闊

[一]「推賢達吏、遂傑俊、舉長大」，按吕氏春秋孟夏紀：「命太尉，贊傑俊，遂賢良，舉長大。」

已久，居外日少，居内日多者所致？ 而庸可不慨然致誠，奮然獨斷，資斧藻之益，尋節嗇之規，於以慰正人君子之願，而副天下萬世民物之望哉？

且大廷咫尺，地非遥也；賢士大夫，人非乏也。 執笏環珮，瞻天表而思一露其肝膽，其情又甚亟也。 誠使親物各得其序，而其視外臣也，若手足耳目，而不可一日不相爲用；宅身必有其所，而其視外廷也，如出王游衍，而不可一日使之或曠。 則衆欲不染，萬慮莫攖，宅乎道德之淵，而其源自澄也；不事小察，不任小智，覽乎萬物之鏡，而其真自瑩也。 身無常處，一不久居，復還歸於主所，而其精不竭也；朝聽晝訪，夕脩夜安，勿使有所湫底，而其體常康也。 過而不留，應而不傷，喜怒毗於陰陽，而其施自平也；明示其意，顯出其事，光明同於日月，而其情自正也。 帝車以調，三能以著，九行不忒，中道式序，七政之璿璣自若也；天無愆陽，地無積陰，水無沉滯，火不災燀，八方之風，氣自協也。 凡此皆親賢臣、居外廷之明效。 大驗而明，明在上所，宜自操自持，而不以積習隳，不以情欲奪者也。

語云：「流水不腐，户樞不螻。」夫心猶水也，水流而後清，鬱閉而冀其清，不可得已，以此信養德之貴親賢也；身猶樞也，樞動而始堅，韃韉而冀其堅，不可得已，以此信養身之貴居外也。疎近習而親賢人，始若迕情，久乃彌浹；少内處而多外御，始若勞體，久乃彌安。蓋昔者先臣丘濬、楊守陳，一謂自古禍亂之作，起自蒙蔽，蒙蔽之漸，起自上下之情不通，上下之情不通，起於君臣不相接見；一謂願陛下處乾清宫之時少，處文華殿之時多。蓋忠臣愛君之言，往往如是，擬於有宋三儒，所見畧同。此愚生之所習聞，而願爲當宁獻者也。不知其有當於明問否？

同考試官教諭鄭燿批：言言懇到，忠藎藹然。〔一〕

同考試官知縣馬從龍批：諷議從容，而末借二書爲喻，尤足爲黼扆箴銘。

同考試官推官丁啓濬批：雄渾之氣，剴切之辭。

同考試官推官龍文明批：發養德養身之旨極透。

同考試官推官趙拱極批：忠愛之意，不盡于言。

考試官左給事中吴應明批：因事納忠，是爲切務。

考試官編修吴道南批：敷答詳明，箴規切當。

〔一〕考官批語，原在策對之前。

福建鄉試策　天文〔一〕

問：敬授者稽天，疆理者條地，士戴堪而履輿，通天地人而曰儒，不當諉云分外。歲月日辰必有其故，廣輪沿革，今古兼資，經術經世，于此窺一斑焉。他不具論，易之于天道則備矣，九州之跡之具于禹貢也，而士不嘗聞乎。六籍之緒，衆説之淆，天文

〔一〕擬題。據茅維輯皇明策衡（四庫禁燬書叢刊集部第一五二册影印萬曆刻本）卷二十一録文。原題天文萬曆癸卯福建，未署作者。按，萬曆三十一年編修陳之龍、工部營繕司員外郎李之藻出任福建鄉試主考。鄭懷魁渾蓋通憲圖説序謂「始李工部振之試閩癸卯士，以曆志發策」。據利瑪竇記載，李之藻出了有關數學的考題(D'Elia ed. ,*Fonti Ricciane* II ,p. 312)。按彼時歐洲教育體系，天文學是數學的分支。利瑪竇所謂「數學」不妨理解爲「天文」。可知皇明策衡所收天文策問應出自李之藻。又按，策對中以經星東行（「非黄道漸西也」）説明歲差，係歐洲古典天文學（托勒密—第谷）的標準解釋，與中土舊説不同。如明史天文志即謂「歲差之説，中西復異。中法謂節氣差而西，西法謂恒星差而東」。策對倡議參伍「九執婆羅門者流」，乃指唐時天竺曆法，言下或即利瑪竇之西學。皇明策衡的主要材料來自歷科鄉試録、會試録。明代中後期，鄉會試考官往往將自作策論，刊入試録，成爲一種時代風氣。綜合上述因素，這篇策對很可能是李之藻自擬，至少經過李氏潤色，故一併收入本集。

地理將不勝窮，則載籍有餘，師第一一能爲折衷，而巫、韋、章、亥不足詑也，姑爲我言其畧。且夫曆算奚起，地勝奚訖〔一〕。司天之家，孰師心而啓千古之聵？輿地之學，孰授簡而儲一代之典？夫災祥，私習有禁，而大統曆以前民用。漢地形阬塞不在諸侯王。今一統志鉛槧常物，統紀條貫，可得聞歟？說者謂曆誠精，然第據觚算；志〔二〕誠備，顧秪擷菁華。吾欲引經術之微，課曆算之奥渺；尋經濟之實，砭統志之膏肓。意其間多可商訂者，令益精益備，蔚爲不朽，亦一代快事也。奚若而可窺平子之憲，操子雲之緹〔三〕，夫閫殆有人矣。

國于天地大經有二：欽天授時則稽圜象，逖覽遐控則審方輿。明乎天之道，三正五行可順軌而變也。不則火流授衣，氐見成梁，吾將忒候焉，猶醫不諳脈而陰陽之劑或誤也。晰乎地之形，九區百國可按籍而理也。不則聚米閱隴，畫地籌邊，吾將惑算焉，猶棊不置局而奇正之變無適也。儒者志該經緯，學綜穹垓，豈其乾父坤母而情狀之未諳，夫亦師天

〔一〕「訖」，原作「扢」。
〔二〕「志」，原作「至」。據文意改，此處當指大明一統志。
〔三〕「子雲之緹」，按策對末作「子雲之縑」。「緹」疑當作「鞮」。寄象狄鞮，喻揚雄方言。

老而友地典，相與高睨而大譚。然而專經之外，他未暇及，清臺之象，職方之籍，佔畢者未習覯焉。如是而越重黎之局，咀曆志之精，亡乃臆而不據乎哉？

抑嘗探賾經籍而竊聞其槩也。乾坤二策爲日度之準，乾坤之用爲月弦之檢。兑丁艮丙，二弦推納甲之義；陽復陰姤，二至察消息之分。則説天莫辨乎易焉。即六日七分，京氏之學不傳；三微七備，一行之曆頗爽。而易之天道自悉也。而非特易也，中星晰孟仲之支，璿衡辨斗綱之謬，圭槷釐寸晷之誤，心囑絜三五之星，月令審小正之異同，元閏覈春秋之載紀。儒先訓釋，夫孰非象緯之府，將歲月日辰之故，斷可識矣。紀州則首冀次兖終雍，高下區分；導水則先河次江次淮，緩急具審。高山大川以定境，而遼隰陂澤，準望不淆；九則三壤以經邦，而職貢灌輸，詮次如繪。則叙地莫精于禹貢焉。即九河三江，諸家之説紛紜，大別敷淺，地志之編牽合，而書之地象自具也。非特書也，倭遲之爲郁夷，自土之爲自杜，楊紆在冀而爲秦，盧水在濟而爲雷，許田魯地而非許，鄢乃鄭邑而非鄢陵。載籍如林，夫孰非丘墳之鏡，將廣輪沿革之殊，畧可知矣。是故言天不必甘石也，言地不必章亥也。窮天地固自窮經始也，而窮經又未有不窮天地者也。

今夫天，安、穹、昕、蓋弗共論，而歴步則有必究者。列宿環周，四七定其次；赤道絃帶，七政紀其行。始璧合以珠聯，既絲棼而轍鶩，則度數生焉。日有光道，南北司其發斂；月有九行，朓朒互其陰陽。合朔衡望，鄰交乃食，則推步出焉。斗建改步爲月，青龍移辰爲歲。至、朔同日爲章，同在日首爲蔀，蔀終六旬爲紀，歲朔又復爲元，則算數積焉。二至之氣，晷影定其倪；朔會之交，衡蝕執其券。金木相參以檢日，盈虚互積而成閏，則氣候齊焉。

今夫地，裨、瀛、迎、柱弗敢知，而域内則有可述者。有虞五服，要荒在外；成周九服，蕃鎮在外。其詳内畧外之制乎？冀方地兼幽并，緣神聖之更都；雍州域併梁益，蓋宗周之定鼎。其居重馭輕之權乎？激瘴洋于東維，限沸海于南徼，設懸度于西極，遮沙漠于北陲。其華夷隔絶之界乎？九國匝而漢震，八王競而晉遷，藩鎮强而唐微，燕雲割而宋弱。其戰守形勝之規乎？

夫天無窮也，而星廻斗振，吾可坐觀焉，不必歷嶮航棧而列宿羅于胷中；地無垠也，而山墳土訓，吾可臥遊焉，不必馳精步算而川原瞭于指掌。然而玄象之事，閲歲積久乃定，故渾象遺闕，洛下首覃經營；地動無傳，平子實開神巧。他如月行遲疾、日道盈縮、五星順逆，亦皆刱自劉洪、劉焯、張子信之冥悟，而遂開千古未發之祕。顧未有如今日之大統曆者，法本授時，以萬分計日實，以二十七日二十一刻二十二分二十秒命月交〔一〕，以十五日二十一刻八十四分制常氣〔二〕，以一分五十秒增損之定歲差。其算較古最密，大撓復起而無以易也。方國之覽，歷代建置靡常。故小史邦域，悉于周官；應劭地里，傳于漢世。其他畿服之經，九州之圖，寰宇之記，亦皆出自摯虞、賈耽、樂史之編述，而各成一朝大備之觀。顧未有如昭代之一統志者，書本應制，以總圖具各道之規形，以興革辯古今之疆理，以司府州縣遞統而道里〔三〕關梁括其凡，以形勢風俗相附而土産人物詮其勝。其書今用最切，白阜以降而無以加也。

雖然，曆求其衷經義而已，志求其裨經濟而已。夫禮不重土圭景乎？今分氣定朔，僅酌量于刻晝；中星午晷，宜兼注于歲時。豈其握算之精而能加于晷堂刻漏，則察之而忿誤或可偹也。詩不譏夙莫之謬乎？今晷永六十二刻，元史之載已備；而舊法三十六度，星

〔一〕「以二十七日二十一刻二十二分二十秒命月交」，按元史曆志四，授時曆交點月長度，「交終，二十七日二千一百二十二分二十四秒」。

〔二〕「以十五日二十一刻八十四分制常氣」，「二十一刻八十四分」原作「二十一分八十四秒」。按元史曆志三，授時曆平氣長度，「氣策，十五日二千一百八十四分三十七秒半」。據改。

〔三〕「里」，原作「理」。

翁之算未釐。豈其廣輪之遠而槩以宵晝短長，則驗之而隨所當備注也。晝短星昴，則冬至躔虚。今日在箕四疆半，東轉五十有餘，然而寒暑無爽焉。是箕實旋子，非黄道漸西也。聞有如九執婆羅門者流，算别有法，不可不參伍矣。羲和餞至，則四宅胥審。而舊稱日食南北千里差一分，東西千里差半刻，則幽朔閩廣各異焉。算術非舛，而地差宜講，有如覆晷二十四圖之法，食分備載，不可不依倣矣。他若二十四神，豈三垣九野之曜；九宫三百，非七政五辰之軌。經術無聞，以此易彼，令明經通算，測驗更定，已密益密，斯不亦靈軌一快事哉？

禹服周疆，原不相襲。邇者郡國升降，更置已多，城邑遷移，制御稍變，而猶然國初之籍，則舊封新宇，不可令相冒也。虎牢沙麓，特重守地，有如士馬芻糧，多寡關于要害。文武將吏，彈厭控及方州，而可令無紀。則形勝山川，不當以綺語塞也。涂數遠近，量人之掌司存。今郵置衝僻，脈絡之貫無徵；水陸險夷，疆理之方莫據。若河渠壤賦之重，或辰星物候之分，皆當備述。乃古跡漫題，米鹽凌雜，非所以爲觀矣。蠻夷鞮寄，王會之籍備舉。今交趾、哈密、大寧、河套，故我疆圉；朝鮮、琉球、奴干、朶思，皆我隸屬。此類頗多，儻圖誌之可尋，悉經畧之有待，而槩從削畧，自隘一統，非所以爲大矣。他如執拗于黄册登科，而户版賢書之弗紀；濫觴于寺觀題詠，而仙釋女婦之多收。經濟奚資，删浮補實。

令鴻儒鉅筆，更事編類，已備益備，斯不亦坤輿一勝覽哉？

嗟乎！淳風不悟歲差，杜預竟淆閏率，江統誤鄴于沛，士安謬商丘于濮陽。顓門通識，尚或失之，談何容易。而疇人方迷復于算子，曲學乃牽滯于帖括，井坐闚觀，以睨天地，宜其繆矣。然而經思天衢，遡覽圖史，世自不乏其人。要在廟堂之上，實重其事，廣攬虛詢，董以大臣特爲開局，課疎密于太史，訪方俗于軒輶。曆、志二業，宜可精瞻，于以撫辰熙績，條地規天，必有當焉。萬曆之郅隆，一統之全盛，良亦千載一時而不可失者乎？生不敏，其于窺張衡之憲，測步天倪，操子雲之槧，探奇地紀，夫亦竊有志焉，未敢曰不吾以也。

福建鄉試策　海運〔一〕

問：國家都燕，歲漕江南粟四百萬石，以實京邊。自會通河灌輸不絶，世世賴之。

〔一〕擬題。據茅維輯皇明策衡（四庫禁燬書叢刊集部第一五二册影印萬曆刻本）卷二十一録文。原題海運萬曆癸卯福建，未署作者。按，是科考題，皇明策衡除天文外，尚收録海運、文章兩題問答。海運屬工部執掌，策問末云「其以告我爲度支水衡借箸焉」，應出自李之藻。至於策對是否李氏代作，尚無旁證，故未録。

然支祁弗顒，黄淮淤決，金錢繁費無已，則其害亦同歲嘗焉。丘文莊因是議尋海運，策格不行。已王中丞行之淮揚，未幾亦罷。夫即如兩賢議，海運便甚，何成事之難？豈其中互有利害，能原始要終，提衡其輕重，具論之歟？頃自蒙墻決，王口濬，行河者數以身殉。而璧馬靡效，九仞未終。徼社稷之靈，伏漲而漕汔濟，尚未審局于何結，亦重困已。河不可恃，而海運其緩急資也。儻右河左海，亦可兩利俱存乎否？終勝國之世，海運是藉。覩值之徵，後乃遠曁爾閩，則萬里泛舟而不虞險也。吾欲問之水濱，閩必有遺策可鏡，其以告我，爲度支、水衡借箸焉。

李之藻集卷二　疏

請譯西洋曆法等書疏〔一〕

兹者恭逢呈上〔二〕聖壽五十有一，蓋合天地大衍周而復始之數。御曆紀元，命曰萬曆，則億萬年無算之壽考，與億萬年不刊之曆法，又若有機會之適逢。事非偶然，而其紹明修定之業，當有托始於今日者。邇年臺監失職，推算日月交食，時刻虧分，往往差謬。交食既差，定朔定氣，由是皆舛。夫不能時夜，不夙則莫，詩人刺焉。欽若昊天，敬授人時，堯典之所首載，以國家第一大事，而乘訛襲舛，不蒙改正。臣愚以爲此殆非小失矣。天道雖遠，運度有常，從來日有盈縮，月有遲疾，五星有順逆，歲差有多寡。前古不知，藉後人漸

〔一〕據陳子龍等輯皇明經世文編（中華書局一九六二年影印崇禎間平露堂刻本）卷四八三李我存集卷一録文。本文開首言「聖壽五十有一」。按萬曆皇帝生於嘉靖四十二年，則上疏當在萬曆四十一年。

〔二〕「呈上」，似當作「皇上」。

次推測，法乃綦備。惟是朝尠[一]徵求，士乏講究，間有草澤遺逸，通經知算之士，留心曆理者，又皆獨學寡助，獨智師心，管窺有限。屢改爽終，未有能確然破千古之謬，而垂萬禩之準者。

伏見大西洋國歸化陪臣龐迪我、龍化民、熊三拔、陽瑪諾等諸人，慕義遠來。讀書談道，俱以穎異之資，洞知曆算之學，攜有彼國書籍極多，久漸聲教，曉習華音，在京仕紳與講論。其言天文曆數，有我中國昔賢談所未及者，凡十四事。

一曰：天包地外，地在天中，其體皆圓，皆以三百六十度算之。地徑各有測法，從地窺天，其自地心測算，與自地面測算者，皆有不同。

二曰：地面南北，其北極出地，高低度分不等。其赤道所離，天頂亦因而異，以辨地方風氣寒暑之節。

三曰：各處地方所見黄道，各有高低斜直之異，故其晝夜長短亦各不同。所得日影有表北影，有表南影，亦有周圍圓影。

〔一〕「尠」，原作「尠」。據文意改。

四曰：七政行度不同，各自爲一重天，層層包裹。推算周徑，各有其法。

五曰：列宿在天，另有行度，以二萬七千餘歲一周。此古今中星所以不同之故，不當指列宿之天爲晝夜一周之天。

六曰：月、五星之天各有小輪，原俱平行。特爲小輪旋轉於大輪之上下，故人從地面測之，覺有順逆遲疾之異。

七曰：歲差分秒多寡古今不同。蓋列宿天外，别有兩重之天，動運不同。其一東西差出入二度二十四分，其一南北差出入一十四分，各有定算。其差極微，從古不覺。

八曰：七政諸天之中心，各與地心不同處所。春分至秋分多九日，秋分至春分少九日，此由太陽天心與地心不同處所，人從地面望之，覺有盈縮之差，其本行初無盈縮。

九曰：太陰小輪，不但算得遲疾，又且測得高下、遠近、大小之異，交食多寡，非此不確。

十曰：日月交食，隨其出地高低之度，看法不同〔一〕。而人從所居地面南北望之，又皆

〔一〕皇明經世文編行間刻評語：「總之西學測天先〔測〕地，此古今未發之秘也。」

不同。兼此二者，食分乃審。

十一曰：日月交食，人從地面望之，東方先見，西方後見。凡地面差三十度，則時差八刻二十分。而以南北相距二百五十里，作一度。東西則視所離赤道以爲減差。

十二曰：日食與合朔不同。日食在午前，則先食後合；在午後，則先合後食。凡出地入地之時，近於地平，其差多至八刻；漸近于午，則其差時漸少。

十三曰：日月食所在之宫，每次不同。皆有捷法定理，可以用器轉測。

十四曰：節氣當求太陽真度。如春秋分日，乃太陽正當黄赤二道相交之處，不當計日匀分。

凡此十四事者，臣觀前此天文、曆志諸書皆未論及；或有依稀揣度，頗與相近，然亦初無一定之見。惟是諸臣能備論之，不徒論其度數而已，又能論其所以然之理。蓋緣彼國不以天文曆學爲禁，五千年來，通國之俊，曹聚而講究之。〔一〕窺測既核，研究亦審，與吾中國數百年來，始得一人，無師無友，自悟自是，此豈可以踈密較者哉！觀其所製窺天窺日

〔一〕皇明經世文編行間刻評語：「西洋即以此等學如中國制科。」

之器，種種精絶，即使郭守敬諸人而在，未或測其皮膚。又况見在臺監諸臣，刻漏塵封，星臺跡斷，晷堂方案尚不知爲何物者，寧可與之同日而論、同事而較也！

萬曆三十九年，曾經禮部具題，要將平素究心曆理，如某人某人等，開局繙譯，用備大典，未奉明旨。雖諸臣平日相與討論，或窺梗槩，但問奇之志雖勤，摘槧之功有限。當此曆法差謬，正宜備譯廣參以求至當，即使遠在海外，尚當旁求博訪，矧其獻琛求賓，近集輦轂之下，而可坐失機會，使日後抱遺書之歎哉？

洪武十五年，奉太祖高皇帝聖旨，命儒臣吴伯宗等譯回回曆、經緯度、天文書，副在靈臺，以廣聖世同文之化，以佐臺監參伍之資。傳之史册，實爲美事。今諸陪臣真修實學，所傳書籍又非回回曆等書可比。其書非特曆術，又有水法之書，機巧絶倫，用之灌田濟運，可得大益；又有算法之書，不用算珠，舉筆便成；又有測望之書，能測山岳江河遠近高深，及七政之大小高下；有儀象之書，能極論天地之體與其變化之理；有日軌之書，能立表於地，刻定二十四氣之影線，能立表於墻面，隨其三百六十向，皆能兼定節氣，種種製造不同，皆與天合；有萬國圖誌之書，能載各國風俗山川險夷遠近；有醫理之書，能論人身形體血脉之故與其醫治之方；有樂器之書，凡各鐘琴笙管，皆别有一種機巧；有格物窮理之書，備論物理事理，用以開導初學；有幾何原本之書，專究方圓平直，以爲制作工器本領。以上諸書，多非吾中國書傳所有，想在彼國，亦有聖作明述，別自成家。總皆有資實學，有裨世用。

深惟學問無窮，聖化無外，歲月易邁，人壽有涯。況此海外絶域之人，浮槎遠來，勞苦跋涉，其精神尤易消磨。昔年利瑪竇最稱博覽超悟，其學未傳，溘先朝露，士論至今惜之。今龐迪我等鬚髮已白，年齡向衰。遐方書籍，按其義理，與吾中國聖賢可互相發明，但其言語文字，絶不相同，非此數人，誰與傳譯？失今不圖，政恐日後無人能解，可惜有用之書，不免置之無用。伏惟皇上久道在宥，禮備樂和，儒彦盈廷，不乏載筆供事之臣。不以此時繙譯來書，以廣文教，今日何以昭萬國車書會同之盛，將來何以顯曆數與天無極之業哉！如蒙俯從末議，勑下禮部亟開館局，徵召原題明經通算之臣如某人等，首將陪臣龐迪我等所有曆法，照依原文譯出成書，進呈御覽。責令疇人子弟習學，依法測驗，如果與天相合，即可垂久行用，不必更端治曆以滋煩費。或與舊法各有所長，亦宜責成諸臣細心斟酌，務使各盡所長，以成一代不刊靈憲。毋使仍前差謬，貽譏後世。事完之日，仍將其餘各書但係有益世用者，漸次廣譯，其於鼓吹休明，觀文成化，不無裨補。

制勝務須西銃疏[一]

光禄寺少卿管工部都水清吏司郎中事李之藻謹奏爲制勝務須西銃，敬述購募始末，乞勅速取，以暢天威，以殄逆夷事。

臣筮仕冬曹二十餘載，蒙恩擢參嶺藩，方當遠離君父，頃緣瀋遼失事，遂蒙廷議留用，改授今職，擬臣料理軍需，謬謂臣知火器。臣書生，非習知兵事者也。而事屬虞衡，自有監督專官，臣又非能越祝而代，耦俱而濟者也。惟是受任於囏危之日，人臣之誼，無敢辭難。鉛刀一割，竊請嘗試。除將查核補苴，應會該管衙門者，容臣酌量肯綮，陸續呈舉外[二]。臣思

〔一〕據韓霖守圉全書（傅斯年圖書館藏崇禎刻本）卷三之一録文。是疏又見皇明經世文編卷四八三李我存集卷一，題作制勝務須取西銃敬述購募始末疏，文字多有削删。王重民輯徐光啓集卷四（頁一七九—一八一）據徐宗澤編增訂徐文定公集（一九三三）轉載是疏，題作李之藻奏爲制勝務須西銃乞勅速取疏，篇章文字較皇明經世文編稍多，然不及守圉全書本。

〔二〕開首至「陸續呈舉外」百餘字，皇明經世文編闕。

火器一節，固有不費帑金，不侵官守，深於戰守有裨，而可以一騎立致。如香山嶴夷商所傳西洋大銃者，臣向已經營有緒，兹謹循職言之：

臣惟火器者，中國之長技，所恃以得志於四夷者也。顧自奴倡亂，三年以來，頃我武庫甲仗，輦載而東，以百萬計。其最稱猛烈，如神威、飛電、大將軍等器，亦以萬計。然而付托匪人，將不知兵，未聞用一器以擊賊。而昨者河東駢陷，一切爲賊奄有。賊轉驅我之人，用我之砲，佐其強弓鐵馬，愈以逆我顔行。我師否臧，扶傷左次。堂堂天朝，挫於小醜。除兇雪恥，計且安施？今自廣寧、山海至於京畿，步步須防，自非更有猛烈神器，攻堅致遠，什倍於前者，未必能爲決勝之計。則夫西銃流傳，正濟今日之亟用，以助宣神武，鞏固金甌。機豈偶然，不可以坐失者矣。臣聞往歲京營，亦曾倣造此銃，然而規製則是，質料則非，煉鑄點放，未嘗盡得其術。

臣今所言，另有來歷。昔在萬曆年間，西洋陪臣利瑪竇歸化獻琛，神宗皇帝留館京邸，縉紳多與之遊。臣嘗詢以彼國武備，通無養兵之費。名城大都，最要害處，只列大銃數門，放銃數人，守銃數百人而止。其銃大者，長一丈，圍三四尺，口徑三寸。中容火藥數升，雜用碎鐵碎鉛，外加精鐵大彈，亦徑三寸，重三四斤。彈制奇巧絕倫，圓形中剖，聯以百煉鋼條，其長尺餘。火發彈飛，鋼條挺直横掠而前，二三十里之内，折巨木，透堅城，攻無不摧。其餘鉛鐵之力，可暨五六十里。其製銃，或銅或鐵，煅煉有法，每銃約重三五千斤。其施放有車，有地平盤，有小輪，有照輪；所攻打，或近或遠，刻定里數，低昂伸縮，悉有一定規式。其放銃之人，明理識算，兼諸技巧，所給禄秩甚優，不以廝養健兒畜之。似兹火器，真所謂不餉之兵，不秣之馬，無敵於天下之神物也。〔一〕臣嘗見其攜來書籍，有此圖樣，當時以非素業，未暇講譯，不意瑪竇溘先朝露，書遂不傳。臣與道義相契，躬爲殯殮，禮官奏賜葬卹。風聞在嶴夷商，遥荷天恩，一向皆有感激圖報之念，亦且識臣姓名。但以朝廷之命臨之，俱可招徠撫輯而用也。

昨臣在原籍時，少詹事徐光啓奉勑練軍，欲以此銃在營教演，移書托臣轉覓。臣與原任副使楊廷筠合議捐貲，遣臣門人張燾間關往購，至則嶴禁方嚴，無繇得達，具呈按察司吴中偉。中偉素懷忠耿，一力擔當，轉呈制按兩臺，撥船差官，伴送入嶴。〔二〕夷商聞諭感悦，捐助多金，買得大鐵銃四門。議推善藝頭目四人，與傔伴通事六人，一同詣廣。此去

〔一〕守圉全書天頭刻評語「西國謂火器爲無智無勇」。

〔二〕「至則嶴禁方嚴」至「伴送入嶴」四十餘字，皇明經世文編闕。

年十月間事也〔一〕。時臣復命回京，欲請勘合應付，催促前來。旋值光啓謝事，慮恐銃到之日，或以付之不可知之人，不能珍重，萬一反爲夷虜所得，攻城衝陣，將何抵當。是使一腔報國忠心反啓百年無窮殺運，因停至今。〔二〕諸人回嶴，臣與光啓、廷筠慚負〔三〕夷商報效之志。

今瀋遼暫失，畿輔驚疑。光啓奉旨召回，摩厲以須；而臣之不才，又適承乏軍需之事。反復思惟：此器不用，更有何器？此時不言，更待何時？募兵，兵難，乃此銃不須多兵；徵餉，餉難，乃此銃不須多餉。近聞張燾自厝資費，將銃運至江西廣信地方，程途漸近，尤宜馳取，兵部馬上差官，不過月餘可得。但此祕密神銃，雖得其器，苟無其人，鑄煉之法不傳，點放之術不盡，差之毫釐，失之千里，總亦無大裨益。又其人生長廣海，萬里遠來，抑或沿途水土不服，存亡難料，必須每色備致數人，以防意外乏絶之虞。相應行文彼中制按，仍將前者善藝夷目諸人招諭來京，大抵多多益善。合用餉餼，原議夷目每名每年安家

〔一〕守圉全書天頭刻評語「始于庚申十月」。
〔二〕守圉全書天頭刻評語「老成遠慮」。
〔三〕「慚負」，皇明經世文編闕「負」字。

銀一百兩、日用衣糧銀一百三十六兩；餘人每名每年銀四十兩。緣此善藝夷目等衆，罄商倚籍爲命，資給素豐，不施厚稍，無以勸之使來。臣等共竭私家之力，不過如斯，忠義相勉，此曹亦無睞望。若論朝廷購募，當此喫緊用人之際，不妨更從優厚，用示鼓舞，庶肯悉心傳授。如謂廩費太重，則今各處所養無能之將、無用之兵，歲糜若干，寧堪查覈？此當計實效之有無，不當算錢糧之多寡者也。至於試有實效，一銃之用，真抵精鋭〔一〕數千。防護此銃，又當如護連城，勿俾奸細竊窺，致有疎失。必須再練羆虎萬人，配以精甲利兵，翼以剛車壯馬，統以智勇良將，方可畀以此銃，成師而出，鼓行而東，恢疆犁穴，計自無難。因而依法廣鑄，傳術九邊，每邊各有數門，幕南應無虜跡。漸可汰兵省餉，休養元元，利益不小。至於鑄造之妙，耐久不炸，鐵不如銅，但其所費不貲，有非今日財力所能辦者，仍當就彼番舶，多方購求。地方諸臣，慮無不氣厲吞胡，忠先憂國，是區區者而不能致，則亦臣愚之所未信矣。

臣又惟致銃尚易，募人實難，道里固遠近懸殊，警報則歲月難待。憶昔瑪竇伴侶尚有

〔一〕「鋭」，原作「銃」。據文意改。

陽瑪諾、畢方濟等，若而人，原非坐名奉旨遣還人數，其勢不能自歸，大抵流寓中土。其人若在，其書必存，亦可按圖揣摩，豫資講肄，是應出示招徠。抑以隗〔一〕致在嶴夷商，昭示國家廣大茹涵之意，令毋疑阻，愈堅效順之忱者也。如果臣言可採，伏乞聖明俯允，勅下兵部。覆議停妥，馬上差人填給勘合。一面前往廣信府，查將原寄大銃四門，督同張燾陸路押解來京；一面前往廣東，齎文制按衙門，轉行道府招諭，前項善能製造點放夷目諸人，仍前赴京報效；及將陽瑪諾等，一面出示招徠，以廣羣策。夫惟人與器而俱集，然後戰與守以兼資。雖我國家鈎陳壘壁之貯，熊耳齊高；神機電擊之奇，龍雷讓捷。威行海外，總不全藉於此。但臣謬承任使，獻擬食芹，勺水微壤，諒亦泰山滄海之所必不遺者也。伏惟聖慈俯垂裁擇，臣無任惶悚待命之至。爲此親齎詣闕，謹具奏聞，伏候勅旨。

天啓元年四月十九日具奏。二十二日，奉聖旨：該部即與議覆。欽此。〔二〕

〔一〕「隗」，疑當作「蒐」。

〔二〕「夫惟人與器而俱集」至「欽此」百餘字，皇明經世文編節署，僅存「伏惟聖慈俯垂裁擇」八字。

謹循職掌議處城守軍需以固根本疏〔一〕

光禄寺少卿管工部都水清吏司郎中臣李之藻謹奏爲謹循職掌，議處城守軍需，以固根本事。〔二〕

頃緣河東失陷，畿輔震驚。都城守禦，合用器械，銃砲火藥，奉旨嚴限責成。臣最菲劣，蒙恩拔擢卿寺，監理軍需。臣於四月二十一日始奉部劄，至五月初二日始領禮部所鑄欽給關防。則臣之受事，實在奉旨再旬之後也。臣惟事關軍旅，呼吸安危。部堂具疏之時，臣即豫會坐門勳戚九卿臺省司馬之屬，於前月二十日起，至二十五日止，徧閱城樓見貯甲仗，缺者議補，損者議修。蓋臣固不敢以嬰城爲下策，而致弛牖户之防；亦不敢謂坐井之足窺，而不師羣策之益。或者議集盈庭，而臣奉令承教，亦可幸無罪也。乃諸臣言人

〔一〕據韓霖守圉全書卷一（上海圖書館藏崇禎刻本）録文，原無題。皇明經世文編卷四八三李我存集卷一題作謹循職掌議處城守軍需以固根本疏，題後附刻批語「此篇論守城器具極爲詳實可用」，内文有删節。

〔二〕「光禄寺少卿」至「以固根本事」，皇明經世文編闕。

人殊，有謂每垛宜設懸簾，捍矢石者；有謂宜用挨牌，垛口遮護者；有謂宜用折角銃砲，望下衝打者；有謂垛口各懸滚木，與灰瓶炸砲并擊者；有謂宜多備草束，加硝黄擲焚攻具者；有謂宜辦木女墻，以備意外崩缺之虞者；有謂宜逐段樹栅，以斷守軍驚潰之路者；有謂宜於兩臺相望處，高結戰棚擎架，城外射打近城賊徒者；有謂宜立高大旗竿，上繫望巢者〔一〕；有謂宜設陷馬滚輪，暗置品坑者。此皆各抒忠藎，以衛社稷。第令錢糧饒裕，不妨並蓄兼收；調度得人，疇非禦侮石畫？第其間用有緩急，故持議人有異同。酌以時宜，參之事力，又當先其急者同者。

約畧而論，防禦之器，大率長兵短兵二等。長兵禦賊於數百步外，銃砲爲先，輔以毒弩勁弓，俾不得逼近城壕，此最穩着。萬一逆賊有以禦我，舁其攻具，驀壕薄城，此時短兵相接，鋼斧、長刀、鈎鐮、虎叉，其必有用者矣。炸砲、灰瓶、滚木、檑石諸機巧，亦所協用者矣。第其中有當計門而設者：滚木架懸擲蟻附，撞車架横擊機梯，以至懸閘之繩板、箭樓之銃砲、城樓將臺之號旗、壕橋外埋伏之釘板蒺藜。此類皆須豫置各門，看警移用。有當

〔一〕「上繫望巢者」，皇明經世文編作「上紮巢者」。

計舖而設者：金一、鼓一、梆一，以傳暗號；大水桶一二，以備撲救，以解煩渴；有輪火爐一，以備燒煆；又設大鐵佛郎機四位，虎蹲、連珠、湧珠、百子等砲四位，火箭、火藥、鉛彈稱是。此類皆宜隨舖措辦，以聽臨期移置馬面，三面衝打者也。有當計垜口而設者：每垜一軍，每軍一銃，似已敷用。然而裝藥接放，多多益善。惟是銃不多得，今議火銃毒弩，相間而用，每十垜以五銃五弩當先，次各有副，俾其銃一放一裝，其弩一發一張，是十垜口凡用十銃十弩也。銃則不拘鳥嘴、夾靶、三眼、快鎗等器，但據今所見有者，隨便分派。火藥鉛彈，尤當多備，毒弩毒藥亦如之。

短兵則每五垜設軍器一架，上插大斧、大刀、鈎鐮、虎叉，各二把。五垜五軍，今贏其三，或以備一時之乏也。又長柄㪺水斗一，便挹注也。燈竿一枝、燈籠二箇，黑油罩全，備夜照也。以上按垜而設，皆不可少。此臣會同諸臣，酌議分派之大畧也。

而最喫緊者，提煉精細之火藥。舊皆貯于盔甲廠一處，不惟遠地難於取用，抑且積聚或有可虞。不如每門各造磚庫一所，中設地窌，外築墻垣，每庫細藥萬斤，再搬貯粗藥萬斤。總計都城九門，重城七門，合備粗細火藥三十二萬斤。

此外應備滾木架六十四座、撞車架三十二座、釘板三百二十扇、生鐵炸砲四千八百箇、鐵蒺藜六萬四千箇、灰瓶一萬六千箇。都重城樓、角樓、箭牕，通共一千五百六十眼。上一層用佛郎機，餘用鳥嘴、夾靶、三眼、快鎗等器。内外城舖舍，共二百九十六處，城垛二萬七百七十七口，共備大佛郎機一千六百零八架，鳥嘴等銃、夾靶等鎗共一萬一千九百一十三件，虎蹲等砲一千一百八十四位、火箭五十九萬二千枝。毒弩照垛口之數，箭百枝，火爐、金鼓、木梆，照舖舍之數，水桶倍之。刀斧、鈎鐮、虎叉各八千三百一十二把。軍器架、𣂏水斗、燈竿各四千一百六十五柄，燈籠、燈罩又倍之。其他懸簾、戰棚諸類，應俟臨時酌用。

若至堅壁清埜之時，近城高樹，附城房屋，勢所不留，皆吾滚木柵櫑之資。此時藏庫非饒，未須豫設。其旗號、盔甲、弓箭、長鎗、腰刀、防牌，則萬曆四十七年新所修造者，堪用尚多。但彼時競談節省，所備僅半。今須每門各增盔甲三百副，共增四千八百副，僅足以供門軍披執之用。至於城軍，原未議及。臣玆豫計城軍器械其數若此，然而臨機損益，變化若神，自有總督重臣主之，非臣之愚所能豫定於今日者也。

臣又條咨協理僉院，則謂刀斧甲胄諸器，京營俱有，須修不須製，而惓惓欲臣先造戰車六百七十輛，以供教肄。此爲水衡惜無措之費，爲臣惜有限之力與有限之光陰，先於其急，第使車營嚴陣於郊，而城下之戰可紓也〔一〕。老臣計慮深確，臣甚服焉。以理論之，祖制設有守城營軍，有一垛即有一軍，有一軍即有一器，居恒持以操練，有事挾以登陴，誠不須更爲造辦。然而承平習玩，即如近議修補甲仗一節，文移徃來，已非一日，而條議廠修，條議營修，迄無歸着。儻更臨期有缺，臣愚將毋執其咎乎？合無容臣查將兵仗局、戊子庫、盔甲王恭二廠見貯前項軍器，有堪用者且抵前數，堪修者照數抵足，運發各門收貯，以備城守之用。其餘陸續整理，會同驗收存貯兩廠，以備邊鎮取討之需。其無見貯，如滚木架、撞車架之類，必須作速分造，事不宜遲，又非一手一足所辦。

臣愚以爲凡屬木製架座板扇，應借營繕司；凡屬水桶水斗，應借都水司；而至於銅鐵火藥器仗之屬，則虞衡司；盔甲兩廠，原自專官蒞事，又不待言。諸皆擇委賢能，庶幾衆擎易舉。内除戎政府舊造大斧一萬五千把，原以豫備城守，不須另造，及有棡木柄三萬根，議加鐵刃，今就用爲刀叉鐮鈎之柄。其餘在營舊敝甲仗等物雖未交廠，據咨已有成數，就彼核實，速估修理，足以供其操演。似此分派，各項軍需俱有要領，綢繆根本，將或無誤。

〔一〕皇明經世文編行間刻批語：「徐文定又極言守城不宜于城外立營，徒便奔逸，無益守禦。」

以今國家武備極弛，乃至修理年例二十年來不講，責之一旦，寧免倉皇。所賴者我祖宗以武功百戰定天下，除戎庀器，累世之所積蓄，甲如熊耳，戈比鄧林。堆貯不理，固未免蠹積塵封；整頓如新，即可以轟雷耀日。信臣精卒，陳利兵而誰何？區區小奴，妄思抗衡，所謂牛雖瘠，僨於豚上，其患不作〔一〕者也。獨有一瓢十昇，推委棄置，百事不能一成，爲極可恨耳〔二〕。而又浮慕節省之名，不究實際之用。費銀一兩，實用不及五錢。器則以節省而恣其苦窳，官又以節省而頗礙苛求。衙蠹軍需〔三〕，實繁有徒。積棍營窠，法不可試。稍一清釐，謗帖盈路〔四〕。是以大家苟挨歲月，以致武備之日壞。而今何時哉！在京者，將擐甲以登陴；解邊者，且摩厲以待戰。自非畀以堅甲銛戈，勁弓強弩，迅猛神奇之火器，膽不壯，技不精，驅使入陣，空殺無辜，是以國僥倖也。〔五〕

臣願自今軍需修造，悉遵舊估，免其什一扣除。有獻新巧車制銃制堪以施用者，不妨

〔一〕「作」，版刻模糊，疑是此字。

〔二〕「以今國家武備極弛」至「爲極可恨耳」百餘字，皇明經世文編節畧，僅存「獨有一瓢十昇，推委棄置」十字。

〔三〕「軍需」，皇明經世文編作「需索」。

〔四〕皇明經世文編行間批語：「所以輦轂之下難任事也。」

〔五〕「在京者」至「是以國僥倖也」五十餘字，皇明經世文編未載。

稍寬其值，以盡其用。估務充不務儉，器貴精不貴多，庶幾制一器獲一器之用，而不以卒與敵乎。至於作奸冒破，法在必懲，更須申飭。赫連勃勃之治軍器也，以弓射甲，射不貫即斬弓人，射貫即斬函人。今六曹分秩，笞杖不得擅擬，極大奸猾，參送之後，每從輕釋，人亦何憚而不玩法以漁利哉！當此用兵之日，一器不精即戕一卒之命，必須造器之時，三復查驗，儻有作弊不堪，有司扑責更造，堪者必鐫官匠姓名。〔一〕送營之後，試驗不堪，坐名鞭貫。臨敵悮事，必斬以狥。治軍器，參用軍法，理或宜然，則亦庶知儆乎！然臣所虞仍不止此。京營行伍耗蠹，振作實難，率倩市游，昨甲今乙，操演已同戲劇，見敵委而去之，積械如山，未免徒以資寇，則遼東之近事可鑒，而臣心滋戚已。所願與在事諸臣，共肩勞怨，以補救於萬分之一者也。〔二〕

臣所擬畫器具，堂屬酌量，可以漸舉。適見科臣有疏，以爲會閲城樓之後，未將京營軍器，一槩查驗，詰以應用應修應造之數，分修急修之法。蒿目時艱，語語警策。臣宜有疏題知以明職掌，以慰聖懷。除將城守合用諸器另造細冊呈堂，先將見貯庫局兩廠堪用

〔一〕守圉全書天頭刻批語：「必用者自造，造者自用，始盡其法。」
〔二〕「臣所擬畫器具」以下四百餘字，皇明經世文編未載。

者，悉抵前數，以應目前之急。或有不敷，修理補足。原無庫貯，另造充用外，其餘堪修軍火器仗，會官盡數簡出，送廠修理，以待邊鎮不時之需。至於京營修補軍仗，應俟運到舊敝之物，查照來數，逐件修抵。今來咨又討工價，欲聽自修，計費亦復不貲。竊恐未經覈實，多寡難憑，豈無虛開冒破？合無容臣會同京營科道前詣營庫，眼同將領，逐一盤驗。存留堪用而外，其不堪用而堪修者，逐項籍記確數，撥軍送廠，盡數修理。次將應補造者酌量緩急，成造應用。此外，新造戰車與夫新獻技巧車輛、火器火藥等法，有裨戰守，何妨多備，但屬往例之外，臣皆任之。惟是年例成造，年例修理，及茲湊補刀仗盔甲之屬，他曹尚可分勞，該廠豈無專責？臣當以時督察，然而不敢侵官。其他城壕之挑濬，硝黄之買辦，解遼軍器之稽查，諸曹分局，早晚頭緒自明。部堂董率，綦毖綦嚴，必不遷延日月，以貽君父之憂也。伏候勅旨。〔一〕

〔一〕守圉全書文後附刻評語：「霖按：自有奴警，論城守者，言人人殊，惟我存先生疏，最爲詳悉。固金湯者，不必外此他求也。」

爲敵臺事手本[一]

監督軍需光禄寺少卿管工部都水清吏司事李，爲敵臺事。

准營繕司手本開將敵臺一座，本職原所會估木石磚灰等料，約用錢糧數目，照估磨算，開送前來。及議將琉璃磚瓦一項裁省，另用瓦料等因到職，又經面議夫匠工價，大率與所費物料價估相當，各准此，合行知會。爲此合用手本，前去詹事府少詹事協理府事徐處，煩爲查酌施行，須至手本者。計開：

敵臺一座，約用白城磚四十五萬二千二百六十八箇，係取用每箇銀二分四厘，共約銀一萬零八百五十四兩四錢三分二厘。

西便門每箇運價銀三厘五毫，該銀一千五百八十二兩九錢三分八厘。

東便門每箇運價銀二厘，該銀九百四兩五錢三分六厘。

〔一〕據徐氏庖言（徐光啓著譯集影印明刻本）卷五移工部揭帖附録抄監督部寺手本録文。

白灰共五百二十五萬四千〔一〕四百零四觔，照估每百觔銀一錢一分五厘，該銀六千零四十二兩五錢六分四厘六毫。

銃眼石四十五塊，通光眼石二十塊，共六十五塊，各長四丈，闊三尺六寸，厚一尺，每塊折方十四丈四尺，共九百三十六丈。

門闕石四十五塊，各見方一尺四寸，厚一尺，每塊折方一尺九寸六分，共八丈八尺二寸。

門匡石四條，各長八尺五寸，見方一尺五寸，每塊折方一丈九尺一寸二分五厘，共七丈六尺五寸。

天地盤石四條，各長八尺五寸，闊一尺五寸，厚一尺二寸，每塊折方一丈五尺三寸，共六丈一尺二寸。

地檻石二條，各長六尺五寸，闊一尺，厚一尺，共折方一丈三尺。

周圍三百五十二丈，合用條石九十二塊，各長六尺，闊二尺五寸，厚一尺，每塊折方一

〔一〕「千」，原作「十」，據文意改。

丈五尺，共一百三十八丈。

中心五十一丈六尺，合用條石八十六塊，各長六尺，闊二尺，厚一尺，每塊折方一丈二尺，共一百零三丈二尺。

地盤周七十五丈，五層共用條石一百二十五塊，各長六尺，闊二尺，厚九寸，每塊折方一丈零八寸，共一百三十五丈。此項可減前磚一萬五千三百三十二箇。

以上石料，通共一千三百三十六丈零九寸，照估每一尺一寸，准匠一工，共該一萬二千一百四十六工；每工銀七分，共該開價銀八百五十兩零二錢二分。運價每尺銀八分，該銀一千零六十八兩八錢七分二厘，通共該開運價一千九百一十九兩零九分二厘。

樓閣柵木十八根，各徑見方一尺。

內二根各長二丈六尺，約用一號松柁木，長二丈七尺，圍四尺，每根銀三兩九錢，該銀七兩八錢。

四根各長二丈五尺，約用二號松柁木，長二丈五尺，圍四尺，每根銀三兩六錢，該銀十四兩四錢。

四根各長二丈三尺，約用六號長梁木，長二丈三尺，圍四尺五寸，每根銀三兩五錢，該銀十四兩。

四根各長二丈，約用二號杉木，長二丈，圍五尺，每根銀三兩二錢五分，該銀十三兩。

四根各長一丈七尺，約用五號松杉木，長一丈八尺，圍四尺五寸，每根銀二兩九錢，該銀十一兩六錢。

樓板九十六塊，各長八尺，闊一尺五寸，厚二寸。約用六號杉木，每根長一丈六尺，圍五尺，每根分作二截，每截鋸板六塊，約用木九根，照估每根銀二兩六錢九分，該銀二十四兩二錢一分。

樓梯下層長二丈，作二截，厚六寸，闊一尺。約用二號杉木一根，長二丈，圍五尺，該銀三兩二錢五分。上層長一丈五尺，作二截，厚六寸，闊一尺。約用六號杉木一根，長一丈六尺，圍五尺，該銀二兩六錢九分。

樓梯板共五十六塊，各闊四尺四寸，厚二寸，每步闊一尺，高八寸，其板各二十八片，約用散木四根，照二號，長一丈四尺，圍四尺一寸，每根分作三截，每截鋸板五塊，每根銀二兩一錢，該銀八兩四錢。

以上木植共約該銀九十九兩三錢五分，照例每兩加二錢，該加銀一十九兩八錢七分。

梯柱等項共用杉木九十六根，各長一丈，徑一尺，係取用，如照買辦約用平頭木三十二根，每根長三丈，圍三尺，每根分作三截，照估每根銀三兩六錢，該銀一百一十五兩二錢。

各匠每工長工六分，夫長工四分，夯夫每工七分。各匠短工五分五厘，夫短工三分五厘。天啓元年六月二十五日少卿李之藻。

恭進收貯大砲疏[一]

太僕寺添註少卿臣李之藻謹奏爲微臣拾遺當去，謹將原購西洋大砲恭進内府收貯，以慎軍需事。

自奴酋叛逆以來，竭我國家二百餘年庫貯火器，悉載而東，與遼俱喪。臣竊痛之，因思惟有西洋大砲，猛烈奇異，可以決勝無疑。前於萬曆四十八年管河差滿，過家，與臣友

[一] 據韓霖守圉全書（傅斯年圖書館藏崇禎刻本）卷三之一録文。

終養副使楊廷筠私議捐貲，前往廣東香山嶴夷處，購買此砲；夷商効順，獻砲四位；因而自備腳力，運載過嶺，中途力竭，寄頓廣信府驛舍。天啓元年四月，荷蒙聖恩，誤允諸臣之薦，將臣留改卿銜，專管城守軍需。于時豫備火器，是臣本等職掌，臣遂將前購砲來歷具題，該兵部覆奉欽依，差官取解來京。水陸艱辛，至本年十一月解到，權於演象所寄放。以俟購募精藝夷商前來教演。天啓二年九月，樞輔督師山海關，取討及此。部題，欽奉聖旨：「是。西洋大砲，着先發一位到彼試驗。還速催點放夷商前來，俟到日，再行酌發。」欽此欽遵。

臣又補造銃布鐵彈等項器具，付差官劉初烷領解詣關，續又解去紅毛砲十位，見今彼處，似已足用。其未發諸砲，應留防護京師，所以居重御輕。我皇上聖謨自遠，臣愚無容過計爲者。但今所募夷商在途未到，而臣軍需告完，奉命回寺。昨被科臣拾遺論列，惡聲洊加。臣宜靜聽處分，例不許辯。然而從此不得終事陛下，效其犬馬之力矣。所有前項西洋大砲，已經樞府在關試放，聞果猛烈異常，臣前所奏，似已不誣。今存三位，寄貯外署，臣去之後，或恐無人照管，致有踈虞，有辜聖明珍重留俟之意。不若容臣交送内兵仗局查收，待夷商到日，另聽兵部題請發出，會官試驗以盡其用，庶重器之防護有賴，而將來之撻伐攸資，此亦棄婦啣恩圖報之蟻忱，所不忍以衈緯忘者也。如蒙聖鑒俯允，伏乞敕下該局，將前西洋大砲三位，併載銃原車三輛，查照收貯，備用施行。臣未敢擅便，爲此謹具奏聞，伏候敕旨。

天啓三年二月初五日具奏。初八日，奉聖旨：這大砲併車輛，着内局收貯，該部知道。

李之藻集卷三　議

鑄錢議〔一〕

自古支告懸罄，而鑄錢議起。錢之利弘矣，不增賦，不剥商，人主者手陰陽之冶，而官天地之鑪，朝下令以鑄而夕用富焉。第令多鑄而可必其行，則一冶之鑄真可當數州之征，鼓橐之夫倍賢于礦税之使。計臣熟計而有慨于中，於是乎議給商，于是乎議餉軍，于是乎議開諸道之鑪，于是乎議通輸納之路，津津乎鞭指而泉流，日可見之行也者。雖然，多鑄易也。多鑄而閡且奈何？多鑄而官私混且奈何？多鑄而利不償費且奈何？

夫壅滯之禁，何啻三令而五申，然而行錢之地有限也。毋論遠者，即都門之外，不盡

〔一〕據陳子龍等輯皇明經世文編卷四八四李我存集卷二録文。按李光元工部都水清吏司郎中李之藻誥命（參見附録二），有「治河輒效，鑄幣有裨。出守澶淵，則殊猷益懋」之語。萬曆三十二年李之藻外放北河郎中（治河），次年京察去職，三十六年授開州知州（守澶淵）。鑄錢議或作於萬曆三十二年前後。

以制錢行矣。今令之征納糧税，則銀錢兼收；市井貿易，則新舊互用，亦可爲委曲而調之，而非其要也。錢法之梎，自不肯多蓄始耳。錢者，年號以爲政者也。年號之不能後天地而老也亦明矣。今試以問嘉靖之錢，視萬曆之錢價奚若？而富者肯蓄多藏厚收以自爲困乎？積金以券人，逾日而息增；蓄錢以實藏，閱歲而必賤。彼日惴惴焉，更鑄之是懼，惟恐錢之不化而爲鏹。而何以行之？説者曰：爲大明通寶可也。而非臣下敢言也。無已，則明下新舊兼鑄之令，而示以舊者之必復行也而可乎？民可使由，不可使知。第毋太低昂其價，而多寡布之，新者十六，舊者十四。是或一説也。然而盜鑄不易防也。寶源之鑄式一孔耳，他有贋者，人故得物色之。諸道之鑪開而數十，其孔式一而銅不盡一焉；銅一而火色又不盡一焉。金有白，非銀也；銀有黄，非金也。有識之者矣，而不識者多也。石火之所鎔，必異于木火；榆柳之所鎔，必異于槐檀。有别之者矣，而不别者多也。何也？所争者微也。出孔多而作奸犯科之民，翳莽于深林，而鼓舠于大澤，行鄧氏之錢，而人莫能詰也，詰之則駕言于他省耳。是上與下共擅此棅也。而矧夫盜鑄者賤售，官鑄者不賤售。其究也，盜鑄者必行，官鑄者必不行。不行則勢不得不隨之俱賤，俱賤而所得者不酬其所費，則又可慮矣。

銀爲母，錢爲子。曩民間銀一兩值錢四百有奇，自水衡之錢日溢于都市，而錢忽賤，溢其值于五百之外，是多者必賤之徵也。又況夫明益之以官鑄，而暗耗之以私鑄，驅而内之使賤，而尚云不惜工，不靳費，猶可行之而必有利乎？五行之理，金無餘氣，鼓鑄雖廣，銅不加多。數月之間，銅將踴貴，以貴銅而鑄賤錢，敝固可立而待。即今寶源所鑄，贏利不過什三，諒爲他省，亦復如是。若使銅價稍增，錢價稍減，即工本不復相當。況乃廣鑄則增官，增官則增吏增匠，官有禄、吏有廩、匠有餼，不待鵝眼榆莢，而衿肘困見矣。則胡不罷諸道之鑄，而一其權于兩京局？不然，亦乞量地方大小，而限其數，多不過一千萬文，少者三五百萬文，期于濟目前之乏而止。而道各鑄一字于錢背，如勝國製，以資識别，而杜奸僞。仍倣國初當十當三之法，量鑄數萬文，與制錢相輔而行，而稍異其銅色，精其肉好，俾盜者不易模擬，可以省工本而通商賈之輕賫。第緡不可使之多，而孔不可使之旁出于他所，一責成于行在之寶源，而于以見人主獨操馭富之柄，或者其有賴也乎？

嗟夫！聖王治天下，因民之情，與之宜之，不深強也。今民情不以錢幣而以銀幣，非一日矣。上又求金之使旁午，而積金之府歲拓，明奪其所欲，而予之以其所不欲，強而行之，無乃藉青蚨以愚黔首，天下攘攘，其亦有辭。夫惟捐稸積，施恩惠，大盈不朽蠹，而公私之費自充。不然，雖萬物爲銅，無益于數已。

黄河濬塞議〔一〕

世皆以防河譬防虜，是殆未然。虜叵測而水可測，行險而不失其信者，水也。信惡在？在于就下。就下者，性也。漲涸者，時也。順其性，乘其時，漲有漲用，涸有涸用，不得而違，不得而失，不得而膠，是之謂以水治水。其事半，其功倍，非惟無害，又可以興利。古黄河由大伾而東，北播九河，逆而入海，初未嘗道汴奪泗注淮如今日之河也。其所以道汴奪泗注淮而南，非神工，非人力。河由大伾東北行，歷千有餘年，有時淤，有時決，屢決屢淤。淤于下，大抵決于上，其道屢變，小變者不可勝計，而其漸東漸南，以致今日之河，

〔一〕據陳子龍等輯皇明經世文編卷四八四李我存集卷二録文。文中有「今重糧之行泇河十五年矣」之語，按明史河渠志，萬曆三十二年開泇河運道，後推十五年爲萬曆四十七年。又云「遼陽失事」，遼陽失陷在天啓元年。

則變遷之大者也。然而，就下之性，固無改也。當其行正河，正河下也；當其旁決，正河淤高，旁決之地反下也。其決而復塞，淤而復通，捐金錢，勤丁壯，治得其道，亦獲數年數十年之安，瓠子以後諸大役是也。

禹疏九河，其道不然，不與水争地，不以力強水，陂澤盪川，率因其勢。河之來也，夾雜淤砂，奔騰千里，大抵行建瓴之勢則駛，行平漫之地則緩。駛則深刷，緩則沙淤，大伾以下，地漸平漫，無復建瓴，禹因其勢，疏而九之。禹非不知水合則駛而分則緩，其勢之必至于淤，而姑且徐觀其勢以聽其自淤，旋亦聽其自併。其併者，洶涌奮迅以入海；而其淤者，宜黍宜稌，以爲民利。故冀土則壤上上，而所謂九河，久之亦漸歸于湮滅。今平原、渤海之境，往往有九河故跡存焉，而儒者以爲没于碣石之海，則闇于地員者之説也。

禹跡既邈，殷都屢遷，漢唐決塞時勤，無改北流之舊，至宋而漸決于東。東多山麓，勢不能瀉而成川。已而漸南，以合淮泗。以河之濁，投泗之清，固宜不旋踵而壅且潰。所賴上激于三門，中激于吕梁，下激于淮安滿浦之石鋸牙，往往行數百里輒一激之使怒，俾其翻騰跳躍以入于海。而水由地中，彭城上下，皆幸而無汎濫之患，蓋地設之巧與人工之補救参焉。其漸而汎濫也，河身高也；其河身之高也，水流漫也；其水流之漫也，由徐、吕二洪之鑿，無復衝激之力也。不激則淤，淤則高，歲淤歲高。遠者毋論，即回視二十年前，相去殆以仞計，邳山一帶大抵深谷爲陵，挑濬固難措手，隄防力亦有窮。徒以水嚙彭城，數萬之生命係焉，不容不竭力加隄。今隄高已與城等，而水漲幾與隄平矣。當伏秋時，即使多方防護，保無螘穴，然而城中井水自溢，沈竈産鼃，人各求生，盜決不免。三山塞，塔山決；塔山塞，狼矢決。掃灣衝迅，形便勢趨，人力又從而加功焉。一番旁決，一番淤高。

而説者曰：「吾姑以人力塞之，俾就故道，行且自衝自深，不挑濬而河流順軌也。」不知數十年以前，水由地中，偶爾一決，未甚高墊，此法尚或可用。今兹又經幾決淤，土又高幾尺矣。驅摶躍之水，衝二百里淤墊之河，沙壅而水力不厚，豈惟河不可成行，且更益之疾。談何容易！誠欲塞狼矢之決，必須挑徐、邳之淤。調夫數萬，捐金數十萬，二百四十餘里間，淤者闢，淺者濬，掃灣者取直，蕩然先具一受水之渠，而後可以引之使必趨，而後可以塞之使不決。勞費不惜，惟斷乃成。然而一勞永逸，尚未可以若是幾也。

人力所闢，與河流自衝自刷者，終是不同。尋丈淺淤，全功盡壞。幸而成河，徐、邳二百四十里内，其自狼矢、三山、塔山而外，險要之處，徐州尚有房村、牛市口、梨林鋪、李家井、栲栳灣；靈壁有雙溝、曲頭集；睢寧有馬家淺、王家口、辛安；邳州有羊山、匙頭灣、張林舖、沙坊。處處掃灣，時時防守，此不決而彼□築塞之勞，亦何年得了乎？且又安保徐城之必能無恙也？

且夫治河以爲漕也。令狼矢之決，有梗于漕，吾不得不塞此而後朝食。今董家溝之糧道自若也，則是決而無害于漕也。無害于漕，而其勢則舍高而趨卑，灌蛤蟃、連汪、周、柳、黄墩、落馬諸湖。此皆蒼莽陂澤不争之地，幸無城郭田盧，爲民災害，而又南北皆有山坡，曼衍相屬，可省防守之勢。此地若幸成河，天假數年之逸。所懼北泗洳河，及南注直河口，水高運阻，咽喉不無梗塞。然而，水勢不來則已，來必衝深，衝深必平暢。去歲渠流峻陿，漕輓宜艱；今春三股通流，董溝更爲深廣。平湖直瀉，揚帆徑上，而漕反資焉。漕通一年，一年之利，亦詎非行河者一年之功乎？

若慮北泗洳河，則洳河地形原高，黄河漲時，山東諸水亦漲，先後不争旬日。兩勢相抵，縱此能淤，彼亦能盪。慮在沂、薛諸水，自夾沙土而來，不慮黄河爲之梗也。所可議者，前此估工儉嗇，兩岸庫薄，縴輓有路，捍禦無力。若如高、寶湖堤，大發金錢，增築高厚，自是百年永賴，非特捍黄，亦捍諸河，而今固未暇及此耳。

數年以來，黄河屢決屢塞。辦運樁艸，派夫派船，徐淮之間，民力竭矣。官法弛斁，奸究横行。塞決工小，徵發尚爾愆期；挑河工大，支費□將何措。河工帑貯，按簿則有，稽實則無，逋欠侵那，往往而是。遼陽失事，借鏹者尚耽耽有欲炙之色。何處從衿肘交困時，索多金以供此大役耶？然則塞決固當緩圖，挑河亦難驟舉。若果大挑黄河，亦當且留狼矢一口以通水道，然後人可施工。不挑先塞，川壅而潰，殆於不可。

或曰：狼矢之決屢矣，往皆隨決隨塞，今云勿塞，安有身任河防，而坐視其横決不治者？曰：此有兩説。往年運道必經徐、吕二洪，狼矢不塞，即無運道。今重糧之行泇河十五年矣。不經徐、吕，無事挽回舊河，是不必塞。往年河身未高，今數十年來，又經幾決，河身日高，然而狼矢溝之窪下如故也。舍卑趨高，雖神禹復生，知亦不易。必是大挑，是不可塞。吾非能保河由狼矢汎入諸湖，遂以成河，永無淤徙之日也。河勢雖下，湖形空廣，河廣流緩，究竟亦淤。然而，非十年不變，近亦可四五年。今吾且捐諸河以與河，譬猶捐金幣以市虜。市虜者，乘餘閑以修内治；捐河者，乘暇日以治舊河。

舊河二百四十里，大挑不能，且挑龍溝一路。見役徭夫若干，既無分泒防守之事。即當驅集挑河，無容坐食。大約河廣二十丈，深二丈，上廣下縮，相准每丈一百六十方。舁土登岸，每方用夫四工，水眼泥濘倍之。舊河無鑿石開生之費，夫數可以屈指。每夫自冰寒溽暑而外，歲可役三百日。每里一百八十丈，里數夫數相參，寬爲之程，五萬人再歲之力，綽可集事。見夫不足，跨募充之，不則再遲一歲。河流不變，覺有餘日，又可漸濬展寬。但得督工府佐家事視國，終事如始，不賣閑，不虚報，而司道以時覺察之。實夫實工，平以勾股，算以方程，日計不足，歲計有餘，有司免調發之煩，帑藏鮮冒破之費，可以大寬民力，而運事又無所妨。吾所虞者，成功不責于俄頃，則接管不止于一人。心之不同，計將中變。此則議定請旨，要以必成。權不旁撓，官必久任，天下豈有不可成之事哉！

河成餘力，只宜展濶加深，不宜輕易放水。水由諸湖，若果安瀾無恙，奚必勒歸舊河。若其積淤變更，别有潰決之兆，吾以所復舊河，虚腹待之，聽自乘漲衝豁。既無别路可趨，不還故道，其將安往？此亦復舊河之説也。而事之難易，力之勞逸，費之多寡，則差數相去遠矣。近見狼矢塞決，先挑正河小渠。塞既不成，渠亦旋壅。鄙意直謂當于正河上口高築沙壩，下口亦然。將挑先壩，此不待言，而沙壩取其易潰。水勢無常，□算豫定，未潰則人力挑渠，一潰則水到成渠。挑濬有緒，則聽其潰入；頭緒尚早，則防使毋入。大抵湖不盡淤，水不驟改；一旦湖淤水改，而吾有以待之。待其自來，勝于強之使來。人之力一，水之力千，以水治水，雖是老生常談，然而此外必無奇也。

舊河復，諸湖淤，二百四十里之污潦，盡化腴田，以益徐邳窮民，民必富；以增徐邳糧額，糧必盈。每見瀕河田土，河淤水退，其收數倍。所謂因敗爲功，轉害爲利，此又治河以外之餘算。不淤既幸有河，肯淤又幸有田。亟望湖淤，恐不驟得。河復其故，糧增其新，此時諸湖既已淤高，黄河不復決入。赤蘭、樊口諸處，俱省修防。一股單行，併力衝刷，河身必深，河患漸少。謹守南岸，如三山、雙溝、歸仁一帶，以護陵寢，而黄河無復事矣。後來變態，或未可知。要于百年之安，必可保任。此之不爲，而人與水争力，河與城争地。明塞暗決，此塞彼決。以有限之錢，填無窮之壑，期欲速之效，圖不就之功。民窮財盡，大役更興，天下事有不可知者。從來悍民首難，多在徐淮，此不可不深長思也。

或曰：朱旺口不塞，楊大司空執其咎，今又置狼矢于度外奈何？曰：朱旺不塞不爲失計，于祖陵初無涉也。自淤自塞，究竟未嘗以人力勝之。司空裁抑，諸璫乘機讒構，此不足鑒。當時河出朱旺口，彭城水患，却幸差緩。惟是泇河未鑿，而重運之灌輸無他虞矣。曩日者，因泇棄河，河不治，不治乃決，則祟在泇。今日者，有泇濟運，運不誤，不誤則聽其自決。而吾可徐爲之治，則利亦在泇，利與害固相乘相準矣。準利害之重輕，乘漲涸之消息，而人事須急幹之。機會自來，趣舍勿謬，寧巧而遲，毋寧拙而速。河成而財不甚費。河順其性，民亦安其生。眼前論功，雖無可紀，實心爲國，得算滋多。朱旺口決時，大浸延于三省，諸司會議，各欲保其境土，庇其人民，聚訟紛紜，疏塞迄無成議。今徐邳一家也，挹此注彼，水利水害，楚失楚得。從長定計，一獨斷而可成。其事易于往年，可以決排。惟意大省水衡錢鉅萬計，而直爲此岌岌也。

山海關西虜撫賞議〔一〕

議得虎墩兔憨撫賞，舊在廣寧一帶。廣寧棄，而山海關東四百餘里之地，蕩爲飛燐，我與憨邈不相接，安所從索賞於我，乃兹議其撫賞何也？憨雄長於東北，我不撫，奴將媾焉。夷與虜合，我益不支，難一；又目今朵顔諸部，皆受撫去，憨貪漢物，我不往撫，彼亦且來索，而我不暇拒，難二。故不若因而用之。職是以有用夷之疏也。然而，職所謂用憨

〔一〕據陳子龍等輯皇明經世文編卷四八四李我存集卷二録文。按，天啓二年正月廣寧失陷，此議謂「今天氣尚炎」，或當作於天啓二年夏。文中謂「職是以有用夷之疏也」。按明熹宗實録，天啓元年十月李之藻上以夷攻夷策。未見傳本。

者，非教猱升木，開其需索之端，恣其谿壑之欲，如金繒歲幣之謂也。又非漫聽撫夷猾弁，私構近邊小酋，巧立名色，多方恐愒。非惟内誑督府，抑且外誑憨酋，我費其什，憨不得其一者也。固將用肯綮之人，如王世忠者，直入憨庭，交關闕氏，教以自固之策，激以事奴之辱，動以復仇之誼，歆以興滅之名。彼雖犬羊，亦有血性，婚姻仇怨，理所不忘。而就中又以撫賞啗之，使必摇尾而來。故撫賞者，吾所必用，而非所專用，且爲恢復廣寧，縛獻孫得功而用。或功有可録而酬以示信，或情已畢見而犒以爲招。非無端糜至塞下，而傾儲給之，如今日之所云者也。有廣寧則還以廣寧之賞，無廣寧則吾之賞抑有何名？賞之費又惡從出？今我失廣寧之地，復任廣寧之費，無論我實不堪；乃憨舊負協助廣寧之約，今無恢復廣寧之功，無端而挾百萬之賞，誰教虜爲是者，不亦大可訝乎？

今云斟酌於新舊之額，歲費約鏹百萬，再四商確，似不容嗇。則是督府已有成數，本兵已有成議，事機呼吸，閫外之計，其誰得而遥制焉？然而，既尋廣寧之賞，當傍廣寧之額，總之不離舊額者近是。吾毋狥諸弁之説，擇人而使，與憨面自講折，以廣寧之復與不復決撫賞之行與不行。渠發兵而復我廣寧，我分軍合營守之。如古戊己校尉，賊來爲我扞圉，師出爲我犄角。吾論功而旌之金帛，或計口而給之米布。譬如内地調募，庸獨無費，悉所不吝。而不然者，尺寸之功未據，膏血之吮何窮？即今十萬百萬已屬難供，況有明年後年，又將何繼？沃焦奚益，歲幣傷體，不俟借筋以畫，而後知其不可也。

今天子宵旰東事，非靳帑也。帑發而用之於邊，有當有不當，則督臣任之。譬如碁奕，争一着之先。如職前議，先機一着，情有所必揣，機有所必應。乘其未動，誘之以戰勝拓地，而賞格施焉。彼自報仇，彼自禦侮。吾因其勢而導之，出我漢物，用爲表餌，於以鼓舞其間。人不必有定額，年不必有定例，一切緩急厚薄，我皆得而操其權。是中國常尊，而諸虜爲我折箠使也。不然，而聽狡弁之簪説，乘危要挾，撫賞驟增，名曰歲額，將來彼虜視爲應得之物，受之不恩，裁之即怨，置豺狼於肘腋，狺狺而起，又何以善其後哉？

今天氣尚炎，憨素驕貴，戀巢不出，必未擁衆臨關。諸弁講賞，必是小酋貴英教之。指一科十，乃是從來宿弊。謂宜乘其未來，先往講折，與憨覿面，理諭情通，使知曩日之講，利歸羣部，今日之講，利歸虜主。富弼之説契丹用此道矣。而又使知曩日撫賞，濫惡相欺，今兹撫賞，實堪喫着。即使稍裁原額，渠亦以爲望外之恩，而況我固厚之，有不感激報効者乎？然後相與訂盟，鑽刀説誓。既誓之後，永堅無改，縱使從征不贍，但令保塞有餘，此數十年之計也。

總之，費不在鉅，在於當機。如謂奴餽金銀無算，我非多餌不能使爲我用，不惟堂堂天朝無與奴争媚争獻、聽命於胡雛之理，即奴氣驕志滿，亦恐未屑媚憨釋憾，爲近交遠攻之拙也。職以爲今日者，朝廷毋靳百萬之帑，爲異時僨事者口實；而督府斟酌機宜，亦毋輕信諸弁而輒擬歲額，以爲諸虜異時之口實。且乃用一肯綮之人以往，而不然者，寧儲之以爲軍實，與經略秣馬飽士外，固守而内修恢復之令，意者其有益於國乎？

李之藻集卷四　序跋

古雋考畧序〔一〕

自書契穗興，作家鑫涌，臨池挹潤，務尋學海之濤；槖筆争銛，必弋秇林之穎。是以子雲薈稡于奇字，稚川纂組夫舊聞。五車七部之藏，珠英册府之選，莫不旁徵博採，類列條收，用以膏沐枯腸，鼓吹弱翰。譬登郇公之俎，食蹠何翅數千；如竊秦藏之裘，抉腋不止一二者矣。然而末學闚覶，蒙求妄述，卮醪片胦，剽襲爲珍。虬門鷃閣之澁，斯已陋矣；金根伏臘之謬，抑又甚焉。致使安石碎金，幾與鍮石共價；瑯琊羣玉，還同土缶錯陳。悲夫！迴瀾子生值斗牛，學竑西蠹，傾書簏于談吻，韞武庫于胷中。固嘗斟酌千秋，校讎萬卷，殺青業竟，赫踬競鈔。然猶閔彼聽熒，復勤手著，刊訛譯異，擴爲古雋考畧六卷。鉅則

〔一〕據顧充輯古雋考畧（四庫全書存目叢書子部第一九五册影印萬曆二十七年刻本）録文。

寥廓畢具，細者邇瑣不遺。絶韋數更，掃葉斯罄。洛浦之犀頓照，神怪莫逃；臨平之石倏鳴，聲聞畢達。玆真良工苦心，通儒鴻緒，伯喈所爲秘惜，平子因而絶倒者也。

余濫附鳩曹，得窺豹管，嘉與青箱之業，輒僭玄晏之簡。於戲，世有靈心冥通，利根性授。玄珠得之罔象，丹鉛置爲芻狗，超乘而上，匪夷所思。若乃按轡六籍之逵，染指百氏之鼎，披精英于麗水，別恍忽于黎丘。則寶玉大弓具在，豈無可觀；烈風雷雨弗迷，當非小補。諒無棄爲敝帚，尚欣賞于斯文云爾。萬曆己亥仲夏之月日在昴度，禹杭友弟李之藻頓首題。〔一〕

題坤輿萬國全圖〔二〕

輿地舊無善版，近廣輿圖之刻，本唐賈南皮畫寸分里之法，稍似縝密，然取統志、省志

〔一〕文末刻陰文方印「戊戌／會魁」、「李印／之藻」。

〔二〕據利瑪竇授、李之藻訂坤輿萬國全圖（影印京都大學藏萬曆三十年刻本）録文。原無題。絶徼同文紀（法國國家圖書館明清天主教文獻第六册影印明刻本）題作題萬國坤輿圖。按，土浦市立博物館藏江户初期摹寫本坤輿萬國全圖，李之藻題辭第一行「唐賈南皮畫寸分里」作「元朱思本畫方分里」，第二十二行「異人異書世不易遘」作「語不云乎在夷則進」。海野一隆考證該摹寫本源於全圖初刻初印本，現存明刊坤輿萬國全圖則係挖改後印本。參見海野一隆利瑪竇『坤輿万國全図』の諸版，東洋學報第八十七卷第一號（二〇〇五年六月）。

諸書詳爲校覈，所載四履遠近亦復有漏。緣夫撰述之家，非憑紀載，即訪輶軒，然紀載止備沿革，不詳形勝之全，輶軒路出紆廻，非合應弦之步，是以難也。禹貢之内且然，何況絶域。不謂有上取天文以準地度，如西泰子萬國全圖者。彼國歐邏巴原有鏤版法，以南北極爲經，赤道爲緯，周天經緯捷作三百六十度，而地應之。每地一度定爲二百五十里，與唐書所稱三百五十一里八十步而差一度者相彷彿，而取里則古今遠近稍異云。其南北則徵之極星，其東南則算之日月衝食，種種皆千古未發之秘。

所言地是圓形，蓋蔡邕釋周髀已有天地各中高外下之説。渾天儀注亦言：「地如雞子中黄，孤居天内。」其言各處晝夜長短不同，則元人測景二十七所，亦已明載。惟謂海水附地共作圓形，而周圓俱有生齒，頗爲創聞可駭。要于六合之内，論而不議，理苟可據，何妨求野。圜象之昭昭也，晝視日景，霄窺北極，所得離地高低度數，原非隱僻難窮，而人有不及察者，又何可輕議于方域之外。沈括曰：「古人候天，自安南至岳臺纔六千里，而北極差十五度，稍北不已，庸詎知極星不直在人上乎？」夫極星在人上，是極星下有人焉。再北而背負極星，其理可推也。元人測景雖遠，止于南北海二萬里内，而北極所差已五十度。西泰子汎海，躬經赤道之下，平望南北二極，又南至大浪山，而見南極之高，出地至三十六度。古人測景，曾有如是之遠者乎？ 其人恬澹無營，類有道者，所言定應不妄。又其國多好遠遊，而曹習于象緯之學，梯山航海，到處求測，蹤逾章亥，算絶橈隷。所攜彼國圖籍，玩之最爲精備，夫亦奚得無聖作明述焉者！ 異人異書，世不易遘，惜其年力向衰，無能盡譯。

此圖白下諸公曾爲翻刻，而幅小未悉。不佞因與同志爲作屏障六幅，暇日更事殺青，釐正象胥，益所未有，蓋視舊業增再倍，而于古今朝貢中華諸國，名尚多闕焉。意或今昔異稱，又或方言殊譯，不欲傳其所疑，固自有見，不深强也。

别有南北半球之圖，横剖赤道，直以極星所當爲中，而以東西上下爲邊，附刻左方。其式亦所創見，然考黄帝素問已有其義。所言立于午而面子，立于子而面午，至于自卯望酉，自酉望卯，皆曰北面。立于卯而負酉，立于酉而負卯，至于自午望南，自子望北，皆曰南面。是皆以天中爲北，而以對之者爲南。南北取諸天中，正取極星中天之義。昔儒以爲最善言天，今觀此圖，意真暗契，東海西海，心同理同，于兹不信然乎？

於乎！ 地之博厚也，而圖之楮墨，頓使萬里納之眉睫，八荒了如弄丸。明晝夜長短之故，可以契曆算之綱；察夷隩析因之殊，因以識山河之孕。俯仰天地，不亦暢矣大觀。

而其要歸于使人安稊米之浮生，惜駒隙之光景，想玄功于亭毒，勤昭事于顧諟，而相與偕之乎大道。天壤之間，此人此圖，詎可謂無補乎哉！浙西李之藻撰。

天主實義重刻序〔一〕

昔吾夫子語修身也，先事親而推及乎知天。至孟氏存養事天之論，而義乃綦備。蓋即知即事，事天事親同一事，而天其事之大原也。説天莫辯乎易，易爲文字祖，即言乾元統天、爲君爲父，又言帝出乎震。而紫陽氏解之，以爲帝者天之主宰。然則天主之義，不自利先生刱矣。世俗謂天幽遠，不暇論。竺乾氏者出，不事其親，亦已甚矣，而敢于幻天藐帝，以自爲尊。儒其服者，習聞夫天命、天理、天道、天德之説，而亦浸淫入之。然則小人之不知不畏也，亦何怪哉。

利先生學術一本事天，譚天之所以爲天甚晰。睹世之褻天侫佛也者，而昌言排之，原

〔一〕據利瑪竇述天主實義（中國國家圖書館藏天學初函本）録文。

本師説，演爲天主實義十篇，用以訓善坊惡。其言曰：「人知事其父母，而不知天主之爲大父母也；人知國家有正統，而不知惟帝統天之爲大正統也。不事親不可爲子，不識正統不可爲臣，不事天主不可爲人。」而尤懃懇于善惡之辯，祥殃之應。具論萬善未備，不謂純善；纖惡累性，亦謂濟惡；爲善若登，登天福堂；作惡若墜，墜地冥獄。大約使人悔過徙義，遏欲全仁，念本始而惕降監，綿顧畏而遄澡雪，以庶幾無獲戾于皇天上帝。

彼其梯航琛贄，自古不與中國相通，初不聞有所謂羲文周孔之教。故其爲説，亦初不襲吾濂洛關閩之解，而特於知天事天大旨，乃與經傳所紀，如券斯合。獨是天堂地獄，拘者未信。要於福善禍淫，儒者恒言；察乎天地，亦自實理。舍善逐惡，比於厭康莊而陟崇山，浮漲海，亦何以異。苟非赴君父之急，關忠孝之大，或告之以虎狼蛟鱷之患而弗信也，而必欲投身試之，是不亦冥頑弗靈甚哉！臨女無貳，原自心性實學，不必疑及禍福。若以懲愚儆惰，則命討遏揚，合存是義，訓俗立教，固自苦心。

嘗讀其書，往往不類近儒，而與上古素問、周髀、考工、漆園諸編默相勘印，顧粹然不詭於正。至其檢身事心，嚴翼匪懈，則世所謂皐比而儒者，未之或先。信哉！東海西海，心同理同。所不同者，特言語文字之際。而是編者，出則同文雅化，又已爲之前茅。用以鼓吹休明，贊教厲俗，不爲偶然，亦豈徒然。固不當與諸子百家同類而視矣。余友汪孟樸氏重刻於杭，而余爲僭弁數語。非敢炫域外之書以爲聞所未聞，誠謂共戴皇天而欽崇要義，或亦有習聞而未之用力者，於是省焉，而存心養性之學，當不無裨益云爾。萬曆彊圉叶洽之歲日躔在心，浙西後學李之藻盥手謹序。〔一〕

渾蓋通憲圖説自序〔二〕

儒者實學，亦惟是進，修爲兢兢。禨祥感召，繇人前知，咎或在泄。暨於歷筴，亦有司存，比我民義，不並亟矣。然而帝典敬授，實首重焉。人之有生，惡有終身戴履照臨，可無諳厥條貫者哉！瞻依切於父母，第見繪像，必恭敬止。儀象者，乾父坤母之繪事也，於焉顧諟。太上修身昭事，其次見大祛俗，次以廣稽覽，次以習技數，而猶賢於博奕也。六籍所載博矣，顓帝渾象，迄兹遵用。蓋天肇自軒轅，周髀宗焉。擬其形容，殆割渾

〔一〕文末刻陽文圓印「行河/使者」，陰文方印「李印/之藻」、「戊戌/會魁」。

〔二〕據李之藻演渾蓋通憲圖説（清華大學圖書館藏萬曆三十五年刻本）録文。參校天學初函本。

天一弧。而世鮮習者，蓋自子雲八難始。夫其方圜句股，乃步算之梯階；旋籥引繩，均測圜之户牖。假令可渾可蓋，詎有兩天？要於截蓋蹊渾，總歸圜度。全圜爲渾，割圜爲蓋。蓋笠擬天，覆槃擬地，人居地上，不作如是觀乎？若謬倚蓋之旨，以爲厚地而下，不復有天，如此則乾不成圜。不圜則運行不健，不健則山河大地下墜無極，而乾坤或幾乎息。且夫凝而不墜者，運也；運而不已者，圜也。圜中之聚，一粟爲地。地形亦圜，其德乃方。曾子曰：「若果天圜而地方，則是四隅之不相揜也。」坤之文曰：「至静而德方。」孔、曾生周，從周著論。若是謂姬公髀測之書，必盭渾而自爲蓋，可哉？

圭表土臬，水準衡睨，千機萬軸，共一混元之體。合則雙美，離則兩傷。何則？渾儀語天，而弗該厚載；周髀兼地，而見朿地員。所以景差千里一寸，按實恒乖；北極三十六度，易地斯齬。嘗試以渾詮蓋，蓋乃始明；以蓋佐渾，渾乃始備。崔靈恩以渾蓋爲一義，而器測蔑聞，説亦莫考。大都譚天之家，迄後來而更覈；測圜之學，尋逖覽者爲精。元嘉、開元，涉歷稍廣；元人晷測，經緯逾詳。里人之識路也，榆社焉已耳。職方之掌以山川，海人之占以星斗，游境彌廣，見界彌超。

昔從京師識利先生，歐邏巴人也，示我平儀。其制約渾爲之，刻畫重圜，上天下地，周

天學初函

羅星曜，背綰睍箭。貌則蓋天，而其度仍從渾出。取中央爲北極，合素問中北外南之觀；列三規爲歲候，邃羲和候星寅日之旨。得未曾有，耳受手書，頗亦鏡其大凡。旋奉使閩之命，往返萬里，測驗無爽。不揣爲之圖説，間亦出其鄙譾，會通一二，以尊中曆。而他如分次度，以西法本自超簡，不妨異同，則亦於舊貫無改焉。語質無文，要便初學，俾一覽而見天地之大意，或深究而資歷象之至理。是故總儀列説，睹大全也；天度時刻，先晷測也；赤道永短，協歲功也；地平漸升，揆辰極也；天中地嚮，辯方域也；晨昏箭漏，戒夙莫也；黄道宫界，剖辰次也；經星位置，參儀象也；句股測望，以御遠近高深也。而又次之制用以悉其致，先之渾象以探其原。説具一圖，圖兼數法，法法不離圜體，規規咸絜天行。平之則準，懸之則繩，可以仰觀，可以俯察，徑不盈尺，可挈而趨。

然則聖作明述，何國蔑有，儻中國亦舊有其術乎？藻也何知，幸獲問奇，聊附誦説，抑亦與海内同志者共訂諸。而鄭輅思使君以爲制器測天，莫精於此，爲讎校而壽之梓。參知車公妙解象數，借之玄晏。令尹樊致虛氏又爲樂玩推轂，相與有成焉。〔一〕

〔一〕爲讎校而壽之梓。參知車公妙解象數，借之玄晏。令尹樊致虛氏又爲樂玩推轂，相與有成焉。本作「爲讎訂而授之梓。令尹樊致虛氏樂玩妙解，躬勤檢測，實相與有成焉。」

是刻無預保章，有裨馮相，傳之其人，幸不與地動、覆晷諸儀同歸泯没。而秘義巧術，廼得之乎數萬里外來賓之使。然則聖世球圖，亦豈必琛璧之爲寶耶？夫經緯淹通，代固不乏玄、樵。若吾儒在世善世，所期無負霄壤，則實學更自有在。藻不敏，願從君子砥焉。先天道於民義，所不敢也。萬曆彊圉叶洽之歲日躔在軫，仁和李之藻振之甫書於栝蒼洞天。〔一〕

刻畸人十篇〔二〕

西泰子浮槎九萬里而來，所歷沉沙狂颶與夫啖人罯人之國，不知幾許。而不菑不害，孜孜求友。酬應頗繁，一介不取，又不致乏絶，始不肖以爲異人已。覩其不婚不宦，寡言

〔一〕文末刻陽文圓印「行河/使者」（與天學初函本序末所刻「行/河使/者」樣式不同），陰文方印「李印/之藻」、「戊戌/會魁」。

〔二〕據利瑪竇述畸人十篇（中國國家圖書館藏天學初函本）録文。李之藻序爲手書上板。絶徼同文紀題作刻畸人十篇序。

飭行，日惟是潛心修德，以昭事乎上帝，以爲是獨行人也。復徐叩之，其持議崇正闢邪，居恒手不釋卷，經目能逆順誦；精及性命，博及象緯輿地，旁及句股算術，有中國儒先累世發明未晰者，而悉倒囊，若數一二，則以爲博聞有道術之人。迄今近十年所，而習之益深。所稱妄言、妄行、妄念之戒，消融都浄；而所修和天、和人、和己之德，純粹以精。意期善世，而行絶畛畦，語無擊排。不知者莫測其倪，而知者相悦以解。間商以事，往往如其言則當，不如其言則悔，而後識其爲至人也。

至人侔於天，不異於人。乃西泰子近所著書十篇，與天主實義相輔行世者，顧自命曰畸人。其言關切人道，大約澹泊以明志，行法以俟命，謹言苦志以褆身，絶欲廣愛以通乎天載。雖強半先聖賢所已言，而警喻博證，令人讀之而迷者豁，貪者醒，傲者愧，妬者平，悍者涕。至於常念死候，引善坊惡，以祈宥於帝天，一唱三歎，尤爲砭世至論，何畸之與有！蓋嘗悲夫死之必於不免，且不能以遲速料也。上帝之臨汝而不可貳也，獲罪于天之莫禱也，惡人齋戒之可以事帝也。童而習之，智愚共識。然而迷繆本原，怠忽秖事，年富力強而無志迅奮，鐘鳴漏盡而尚諱改圖者，衆也。非譚玄以罔生，即佞佛爲超死。死可超，生可罔，世有是哉！人心之病愈劇，而救心之藥不得不瞑眩。瞑眩適于德，猶是膏粱

之適于口也。有知十篇之於德，適也，不畸也。萬曆戊申歲日在箕，虎林李之藻盥手謹序。〔一〕

畸人十篇後跋〔二〕

或問：畸人之言天堂地獄也，於傳有諸？曰：未之覩也。雖然，其說辯矣。顏貧夭，跖富壽，令不天堂、不地獄也而可哉？大德受命，受命而得施彌溥，報以蒼梧伐木削跡之身，兩楹奠而素王終，即血食萬世，浪得身後榮，聖人不起而享也。報在子孫乎？丹朱傲，外丙、仲壬殤，伯邑考醢，奚報焉？惟是衍聖之爵延世，顧易世而子孫之面目、名號、賢愚奚不可知，以代聖人受賞，此足以厚聖人乎？不天堂又不可也。或曰：秦燄酷而其義不存。是一說也。顧西泰子所稱引經傳非一，固可繹也。然則與瞿曇氏奚異？而云儒曰彼所爲寶玉大弓之竊，西泰子別有辯也。經術所未睹，理所必有，拘儒疑焉，

〔一〕文末刻陽文方印「李印/之藻」、「戊戌/會魁」。

〔二〕據利瑪竇述畸人十篇（中國國家圖書館藏天學初函本）録文。原無題。絶徼同文紀題作畸人十篇後跋。

令瞿曇氏竊焉，又支誕其説以惑世。而西泰子孑身入中國，奪而歸之吾儒，以佐殘闕而振聾憒，不顧詹詹者之疑且訕。其論必傳不朽，其原則栁非常，是以自謂畸人。涼庵居士識。

同文算指序[一]

古者教士三物而藝居一，六藝而數居一。數于藝，猶土于五行，無處不寓。耳目所接已然之迹，非數莫紀。聞見所不及，六合而外，千萬世而前而後必然之驗，非數莫推。已然必然，總歸自然。乘除損益，神智莫增，𢩟詭莫掩，顓蒙莫可誑也。惟是巧心濬發，則悟出人先，功力研熟，則習亦生巧。其道使人心心歸實，虛憍之氣潛消；亦使人躍躍含靈，通變之才漸啓。小則米鹽凌雜，大至畫野經天，神禹賴矩測平成，公旦從周髀窺驗。誰謂九九小數，致遠恐泥？嘗試爲之，當亦賢于博奕矣。乃自古學既邈，實用莫窺。安定蘇湖，

[一] 據利瑪竇授、李之藻演同文算指（中國國家圖書館藏天學初函本）録文。

猶存告餼。其在於今，士占一經，恥握從衡之跡；才高七步，不嫺律度之宗。無論河渠歷象，顯忒其方；尋思吏治民生，陰受其敝。吁！可慨已。

往游金臺，遇西儒利瑪竇先生，精言天道，旁及算指，其術不假操觚，第資毛穎。喜其便于日用，退食譯之，久而成帙。加減乘除，總亦不殊中土，至於奇零分合，特自玄暢，多昔賢未發之旨。盈縮句股，開方測圜，舊法最艱，新譯彌捷。夫西方遠人，安所窺龍馬龜疇之秘，隸首商高之業。而十九符其用，書數共其宗，精之入委微，高之出意表。良亦心同理同，天地自然之數同歟。昔婆羅門有九執歷，寫字爲算，開元擯謂繁瑣，遂致失傳。視此異同，今亦無從參考。若乃聖明在宥，遐方文獻，何嫌並蓄兼收，以昭九譯同文之盛？矧其裨實學、前民用如斯者，用以鼓吹休明，光闡地應，此夫獻琛輯瑞，儻亦前此希有者乎？

僕性無他嗜，自揆寡昧，游心此道，庶補幼學灑掃應對之闕爾。復感存亡之永隔，幸心期之尚存，薈輯所聞，釐爲三種。前編舉要，則思已過半；通編稍演其例，以通俚俗，間取九章補綴，而卒不出原書之範圍；別編則測圜諸術存之，以俟同志。今廟堂議興曆學，通算與明經並進。傳之其人，儻不與九執同湮。至于緣數尋理，載在幾何，本本元元，具

存實義諸書。如第謂藝數云爾，則非利公九萬里來苦心也。萬曆癸丑日在天駟，仁和李之藻振之書於龍泓精舍。〔一〕

圜容較義序〔二〕

自造物主以大圜天包小圜地，而萬形萬象，錯落其中；親上親下，肖呈圜體。大則日躔月離，軌度所以循環；細則雨點雪花，潤澤㪷於涓滴。人文則有旋中規而坐抱鼓，況顱骨、目瞳、耳竅之渾成；物宜則有穀孕實而核含仁，暨鳶翔、魚泳、蛇蟠之咸若。胎生卵育，混沌合其最初；葩發苞藏，團欒于焉保和。俯視漚浮水面，仰觀暈合天心。摶風滃乎蘋端，湛露擎于荷蓋。砂傾活汞，任分合以成顆；鮫泣明珠，撒柈杅而競走。無情者飛蓬轉石，斡運總屬天機；有情若鼅網蟲窠，經營自憑意匠。若乃靈心濬發，尤多規運成能。璧水明堂，居中而宣政教；六花八陣，周衛而運正奇。樂部在懸，簫鼓共圜鐘迭奏；軺車欲

〔一〕文末刻陽文方印「李印/之藻」、陰文方印「三奉簡/書南北/都水監」。

〔二〕據利瑪竇授、李之藻演圜容較義（中國國家圖書館藏天學初函本）録文。

駕，輪轅貫樞軸其旋。戲場有蹴鞠彈棊，雅事對莆團蓮漏。忽然一嚏，成如珠如霧之詠奇；謾説恒沙，滿三千大千之國土。至於火炎鋭上，試遠矚而一點圓光；水積紆迴，指寥天而兩縫規合。蓋天籟、地籟、人籟，聲聲觸竅皆圜；如象官、象事、象物，粒粒浮空有爛。所以龜疇蓍策，用九之妙無窮；羲畫文重，圍圜之圖不改。草玄翁之三數，安樂窩之一丸。先天後天，此物此志云爾。

凡厥有形，惟圜爲大；有形所受，惟圜最多。夫渾圜之體難明，而平面之形易晳。試取同周一形，以相參考。等邊之形，必鉅於不等邊形；多邊之形，必鉅於少邊之形。最多邊者圜也，最等邊者亦圜也，析之則分秒不億。是知多邊聯之，則圭角全無。是知等邊不多邊，等邊則必不成圜。惟多邊等邊，故圜容最鉅。若論立圜，渾成一面，則夫至圜，何有周邊？周邊尚莫能窺，容積奚復可量？所以造物主之化成天地也，令全覆全載，則不得不從其圜；而萬物之賦形天地也，其成大成小，亦莫不鑄形於圜。即細物可推大物，即物物可推不物之物。天圜地圜，自然必然，何復疑乎！

第儒者不究其所以然，而異學顧恣誕於必不然。則有設兩小兒之爭，以爲車蓋近而盤盂遠，滄涼遠而探湯近者。不知二曜附麗於乾元，將旦午之近遠疇異；氣行周繞于地域，其厚薄以斜直殊觀。初暘暎氣，故暉散影巨而炎旭應微；亭午籠虛，則障薄光澄而曝射當烈。又有造四大洲之誑，以爲日月繞須彌爲晝夜，地形較縱廣於由旬者。試問須彌何物？凌日與月而虧天；且縱廣〔一〕奚稽？乃狹與彎之變相。積由旬至億千萬，則地徑有度，金輪豈厚載所容；統忉利謂三十三，則象緯正圜，諸天之棊絫可恠。且夫極辨者，方圜之體，若白黑一二之難欺。最精者方圜之度，當微渺毫茫之必析。沖虛撰模稜而侮聖，釋氏騁荒忽以誣民。彼曾不識圜形，惡足與窺乾象。夫寰穹邈矣，豈排空馭氣可以縱觀；乃道理躍如，若指掌按圖無難坐得。

昔從利公研窮天體，因論圜容。拈出一義，次爲五界十八題。借平面以推立圜，設角形以徵渾體。探原循委，辨解九連之環；舉一該三，光映萬川之月。測圜者，測此者也；割圜者，割此者也。無當于歷，歷稽度數之容；無當于律，律窮絫黍之容。存是論也，庸謂迂乎？譯旬日而成編，名曰圜容較義。殺青適竟，被命守澶，時戊申十一月也。柱史畢公，梓之京邸。近友人汪孟樸氏，因校算指，重付剞劂，以公同志。匪徒廣畧異聞，實亦闡

〔一〕「且縱廣」，絶徼同文紀作「縱且廣」。

著實理。其於表裏祘術，推演幾何，合而觀之，抑亦解匡詩之頤者也。萬曆甲寅三月既望，涼庵居士李之藻題。

表度説序〔一〕

天地之遼廓，不可以里法紀也。人藐焉中處，曷術而覸焉？所恃七政行有貞度，照有貞明，立表而測之，因小而識大，舉近而知遠。凡規儀、方儀、柱儀、平儀、簡儀、百遊儀、十字儀、懸繩儀，種種諸器，無不藉表以神其用。古法載在周髀，髀即表也，與璿璣玉衡同用者也，而其理未顯。今上御宇，聲教暨於遐荒，利氏來賓，首闡直景、倒景之旨。其儕龐君、龐君、熊君漸暢厥義，嘗試用其術以求平面、墻面二種日晷，而周行天下，晝之永短，景之舒縮，道之曲直，無不合也。即墻面〔二〕倒景一法，而周行天下，用之二十四向，乃至三百

〔一〕據熊三拔口授，周子愚、卓爾康筆記表度説（中國國家圖書館藏天學初函本）録文；參校絶徼同文紀。按表度説另有萬曆四十二年十月欽天監監副周子愚序、熊明遇序。

〔二〕「墻面」，絶徼同文紀作「面墻」。

六十向，無不合也。可以定時，可以求氣，可以辨方正位，其用無所不通。而表度則剖爲十二分秒而下，相表體之修短置之，極其數，即至百至千，無不可者。器生數，數呈象，絜有定之度於此，而空明中游移不定之景。惟吾所摶捖礱控之，以成其爲一家之書。此司天周君所爲，世精其學而猶醉心卒業于斯編者也。

或曰：表修與短孰勝？余曰：不如短也。修之極，裁人身爲度而止。古尺最短，古表八尺，身爲度也。身爲度而斜長之景尚不可窮，顧安所得不可窮之平面而測之。然而，數十百倍之平面，尚可水準繩望而得也。過此以往，不可知已。其裁身之表，猶可垂繩取直定距而算也。過此以往，則取直定距愈覺不易矣。況論景理，從大照細者，往往表短則真，表長則光盪影澹而反失其真。試作鋮芒小竅，映日而射，纔離寸許，搖光倍焉。修景多差，此其實據。儻精算術，修短要自同揆，漆園所謂一尺之棰，日取其半而萬世不竭者也。然則分數之精者，亦奚以多爲乎！

或曰：郭太史何以立四丈之表？應之曰：是約畧以求午景而終非其準也。人立平地，仰望四丈之表，迥乎若中天。然範銅爲之，固所不能。植木爲之，太高則末弱而摇，暑雨撼其本，冰雪封其巔，是皆足爲難也。人從何處絜而正焉，繩而直焉，以窮數旬之景而測諸？若依山岳樓臺，趾廣增倍，非無句股求距之法。然日光高射于四丈之下，景落虚無，雖有景符，殆難真確。

夫曆術之詭也，繇談天者流不精測驗，夸毗而好爲欺也。惟是表景之説，若數一二，要而不繁，簡而有用，奚所容其欺乎！表無當於曆，顧曆非表不核；曆無當於諸賢之本業，顧曆有元元本本，非諸賢之論不闡。令盡出其藏譯之，而人人洞見元本。議不厭廣，業豈厭精？司天氏虚衷而逖覽久矣，將亦有意於斯乎？不驕不吝如諸賢者，詎可當吾世失之，而曆術其小者也。誠竟其業，吾聖朝同文之化，逾九譯、超百王，萬曆之曆與天無極可已。仁和李之藻。

刻聖水紀言序〔一〕

西賢入中國三十餘年，於吾中國人利名婚宦事一塵不染，三十餘年如一日，其儕十許人，學問品格如一人。譬則儀鳳遊麟，不必産自苑囿，偶爾來賓，斯亦聖朝之瑞也。其教

〔一〕據孫學詩述、張文燾校聖水紀言（耶穌會羅馬檔案館明清天主教文獻第八册影明刻本）録文。

專事天主，即吾儒知天、事天、事上帝之説。不曰帝、曰主者，譯語質。朱子曰：「帝者，天之主宰。」以其爲生天、生地、生萬物之主也，故名之主則更切。而極其義，則吾六合萬國人之一大父母也。我有父母，可不愛不敬事乎哉？則人人有大父母，又可不愛不敬事乎哉？由生身之父母，悟及生天、生地、生萬物之父母，而中間一邑、一郡、一國之父母，以至華夷共主之父母。可知義同逃雨，無之非是。總之尊則統卑，其大較然也。明乎天主之義，而訓孝勸忠，於是爲大矣。識洞乎一本，愛徹乎一體，一切名利俗念，尚從何處安着？即欲不愛親愛君，及推君父之心以愛民也，而忍乎？而敢乎？

或疑西賢何爲辭父母，别鄉井，梯航八萬里而來，絶生人不能絶之慾，受人生不肯受之苦，其或有僞焉？抑别有求也？而皆不然。夫僞未有三十餘年不敗者也，即平生奸僞，至死亦見真性。今化者數人矣，其死也，皆有以異乎人之死者也。謂有求與？求明乎天主之教，俾人遷善遠罪，相與善其生，因善其死而已。其諸異乎人之求之與？其緒言所及，水法、算法、歷法，種種具大學問。吾輩隨求隨答，不吝不驕，相與受大利益，顧吾中國人未有副其求者。獨我聖天子柔遠嘉善，館之司賓，生有餼而殁有衈。帡幪無外，風厲將新，賓至忘歸，報恩自矢。彼將闡繹圖書，以佐同文盛治，或于聖神廣運之化有所裨益，而未可計之旦夕。

人有恒言：「道之大原出于天。」如西賢之道，擬之釋老則大異，質之堯舜周孔之訓則畧同。其爲釋老也者，與百家九流並存，未妨吾中國之大。其爲堯舜周孔之學也者，則六經中言天、言上帝者不少，一一參合，何處可置疑關。以彼真實，配吾中國之禮樂文章，庸渠不鼓吹庥明，輝映萬禩。令必局墰宇以示遠人，上無以昭宣德意，又令後世追慕，有麟見不時之嗟，則吾儕當執其咎，故樂爲表章之。所著述如實義、畸人、二十五言、七克、幾何、天問、表度諸編，不下三十餘卷，奧衍人鮮卒讀。偶得吾鄉楊觀察聖水紀言，是其坐間酬客語，然淺顯有可味者。刻之以代口答，抑亦廣緇衣之好云爾。東海波臣李之藻題。

通鑑紀事本末前編序[一]

儒者博綜往古，自六籍而外，讀史最爲切用。無論操觚徵事，借助該雅，即尋常酬應，

[一] 據沈朝陽通鑑紀事本末前編（四庫未收書輯刊第一輯第十五册影印萬曆四十五年唐世濟刻本）録文。

以至服官臨政，遇有疑事奇事瑣事，索之史書，有一非昔人曾有者乎？何況大沿革、大經濟事，必古乃獲，不史其安資也？自古學荒於近世，而俗士習帖括，韻士騁詩章，深士探玄釋，曷嘗不敝精力，靡歲華，老我殉之。而推之乎世用無益，則何不十年讀史。史之全即二十一家，不能以半。然世之淹貫乎二十一家者與有幾？司馬君實排纘千穐，表年繫事，彙爲通鑑一書，業既已提要芟繁，而讀者猶欠伸思睡也。袁機仲更取而類比之，要遮前後故實，令每事自爲始末，錯之綜之。史裁於是乎再變，而義資考索，抑亦具傳志之體而微焉者。近陳德遠復續之以宋元，而上下一千七百餘年間，事類區分，隨所徵求，一展卷而要領可得。雖天文曆律、方域職官、禮樂河渠諸大事，未若全書之贍核，而藉此爲之津梁，夫亦學史者之所必資矣。特其書肇自威烈，其於上溯春秋，以至三皇五帝之紀，軼焉莫舉。良由九頭十紀，仲尼未道。迄今金石銷沉，蝌蚪堙没。諸可信者業已散見經傳，爲几案間恒書。而其他塚書車籙，又多腴〔一〕聞譁衆，誕而鮮據。是以前哲存而不論乎？乃開闢綿邈，神聖經綸，於稽其類，業有世紀、帝録、史攷、通曆，系譜、路史，喙喙争鳴，於

〔一〕「腴」，似當作「諛」。

世有其傳之。胡可令散軼不收，馳騖弗軌，畧法後王而不覩邃古。此夫山龍藻火以華身，而冠冕不具；圭瓚巘俎以祀祖，而郊丘未講。真闕典也。

學博沈宗明氏，博綜往古，肆力編摩，倣勝國金、陳兩氏之義例，而益以遊覽之所得，命曰紀事本末前編。其大旨誦述典謨，而醞釀鎔鑄乎左國、諸子之精醇，用以存禪代之統系，闡事物之本原，溯清穆之皇風，備經營之霸畧。非惟道存稽古，抑占學擅通方，而總之一稟於經傳之軌則。諸涉夸毗，雖艷弗録。博文正義，殆或兼之。至論簡汰易精，羅弋難獲，續近者文獻足述，徵前者寥廓誰稽。則是編良工獨苦，於史學更有光焉。此美承柱使所爲采風貞教，命梓廣陵，以成紀事之全書者也。而沈君史才，藉是亦有傳於後矣。嗟乎，士莫不炫其所知，而詑其所不知，以爲邃古荒忽，亦奚妨於掛漏。顧夫人才風俗，禮樂文章，動稱三代以上，即夏璜周鼎，小物猶堪世寶，而況因革興廢之大。且就歷年萬禩、建國萬區中，幸而稍存一二，以至於今，而忍遺之，令不得與帖括詩章、玄釋典籙同肆習也而可哉！

人事有本末，家國有本末，宇宙亦有本末。吾不能從混沌之子而叩造物主以開闢之所以然，則幾忘本矣。戲軒旦莫事而蟪蛄自局，將問禮問官，必不其然。及其至也，六籍之外，九州之表，有足備秦燼之闕者，吾贊而問焉可也。而詹詹誦沈氏之書以爲博，吾猶夫僬僥子之問天高於長人者也。

萬曆丁巳夏五，賜進士出身、奉政大夫、工部都水清吏司郎中、三奉勑提督河道兼督木，仁和李之藻書。〔一〕

頖宫禮樂疏凡例〔二〕

一、頖宫所最重者，先師祀典，歷代褒崇。南宋有輯，而其書久亡，太常、南雍諸志僅及本朝，未該異代，闕里志則泛及封錫躅贍，蓋孔氏一家之書，不關禮樂。兹集備考聖祀，一切典禮沿革悉從諸史紀志中檢出，例取編年，提綱分目，但有議論足裨，悉附載焉。其詔命文采可觀者，亦爲收録，惟蕪泛不切者不取。

一、祀典之逮我朝，屢經釐正，是爲不刊之典，業已萬世欽遵。故凡出聖謨，即爲大書

〔一〕文末刻陽文方印「李之/藻印」、陰文方印「戊戌/會魁/進士」。

〔二〕據李之藻頖宫禮樂疏（上海圖書館藏萬曆刻本）録文。頖宫禮樂疏刻於萬曆四十六年，諸序見附録一。

特書，用昭尊王大義。其有臣工建白，儒賢著述，或見行或有俟者，均于禮樂有裨，悉爲拈出，隨事分註，以資考究。

一、辟雍典故自有成書，是編所重郡國學校，故不複載。然考據禮樂度數，疏綱詁目，備儀兼譜，頗似詳悉，或堪爲雍志補遺。

一、從祀先賢先儒嘉言懿行，漢唐以後不患無徵，其七十子之徒，則併姓名齒邑有不可知者矣。家語、史記自多異同，今主家語，以其爲孔壁遺文故也。史記以下但有牴牾，悉互存以備參考。諸不能備厥言行，間載前人述贊，亦具大畧，論世者或有稽焉。但藏書未博，如隋志孔子弟子先儒傳十卷，唐志五卷；李畋孔子弟子贊傳六十卷，至十萬餘言，悉非管蠡所及。博雅君子肯爲采摭發覆，執鞭所欣慕焉。

一、賢儒位次載在會典，率循開元之舊，其有增祀改祀更祀，向于東西兩廡從便升躋，西多東少，致有凌躐，因仍未改。參考頒降圖位及闕里志、禮樂志諸書，自多錯雜，似未畫一。近瞿布衣論世論齒之説，最合典禮。今覆訂再具一圖，膚見附焉。明有所據，似可施行。

一、八音次第，先儒率謂金石絲竹匏土革木，而周禮之序則金石土革絲木匏竹也，漢志之序則土匏皮竹絲石金木也，初無定序。若論樂理，則律始截竹，應以竹音居先。而匏土吹氣成聲，音諧簫管，皆所謂人籟者也。樂重人聲，用相比附，次則絲音最備，奥理非他器比。其金石亦按律吕，但不過始終條理而已，併革木皆所以節也，故以鍾磬居後而柷敔終焉。

一、古禮古樂，世鮮傳習，自學宫祀典飲射而外，他無從睹古禮、聞古樂者，然尚不免雅俗相參，是書所以志也。所幸者禮失而義存，器失而理存，考索講求，則文獻于今不乏。入廟思問，凡禮節、禮物、禮器、樂器、樂音、樂律，一一爲詁爲圖爲辯爲譜，雖出自管見，未必有當，然傳述有自，不敢以臆説參之。

一、議禮之難，擬于聚訟，然頖宫頒降已有定制，從周不倍，又奚贅焉。惟是雅樂失傳，其理數聲器，頗稱奥肆，自專門學鮮而儒者徒言其義，樂官第習其音。苟兼究義審音，古樂亦非絶學。故借大成雅樂切磋，究之譜，攷諸家，間參鄙見，然亦試之制器，合之古經，不致勦説竅言，如律吕、元聲諸説者。教化首重弦歌，則絲音更爲喫緊，琴瑟之論所以特詳。操縵安詩，使學者循此津梁，亦信爲途不遠，或者不以弦誦爲迂。

一、古樂歌奏必取陰陽相合，自旋宫法廢，世儒惑于斗建之説，牽附沾灑，論樂既舛，合樂全乖。隋唐以來，太和絶響，太常雅樂，此義未究。今取大成詩樂配以律吕相生之義，另擬一譜附歌譜，後世或有知音者審焉。

一、樂器悉遵祀典見用，蓋自禮部頒行。如橫笛搏拊鼓皆非古樂，今不敢去；特鍾特磬管籥春牘應雅播鼗，古樂所有，今不敢增；大成之舞，原自宋化成天下之舞，强附三獻樂章，今不敢釐；其他祼獻之儀，歌奏合舞之節，考之古經，總之不無可議，但禮時爲大，道存講習，義無擅更，積德百年，其數則過，固將拭目待之矣。

一、化民莫先鄉飲，觀德莫重鄉射，令甲具載。今射禮久廢不舉，即飲禮亦漸失其初意矣。考據而詮次焉，附以雅樂，總皆庠序之教，故樂與同志習之。

一、鄉飲一歲兩舉，須有圖式，不敢輕議。今注古禮諸圖非，必謂有司之舉，悉遵周道。緣古者將射先飲，其禮固然，亦與時制義理相通，慕古者似亦不妨參同。蓋律有廢禮之罰而無增樂之禁故也。

一、鄉射載之會典，亦有定儀。草昧之初，未暇備禮備樂，故不必盡與古合。南雍志參考儀禮，什得其三，然于樂節無徵焉。聞、徐二學使圖解儀注，詳略不同，俱不及樂。鄭世子頗詳樂舞，又不兼及古禮。兹悉取衷儀禮而以注附經，以儀附圖，以射節附詩樂，以琴附瑟，庶于肄習明備，不俟他求。大約飲與射相爲表裏，故自立司正以前，旅酬以後，飲禮有圖有注者，射禮不復重列，第釋經義而大旨已晰焉。其飲禮合樂之訛，與射樂聽發之節，舊説襲舛，僭爲訂正，非以求爲新異，古樂自爾，竊亦附從先之志云。

凡例終。

刻江湖長翁文集序〔一〕

文至于宋，固讓漢唐，然議論事理，曲暢不詭正道，亦自一代文體，不相襲也。當時名家如蘇、王、曾、晁外，更不乏人。唐卿陳先生，狎主齊盟於淳熙嘉泰間，學贍而筆勁，人稱淮南夫子。所著詩文四十卷，詩則宋詩，文則涉漢軼唐。其指切時事，如所云「兵困故驕而怨，民困故畏上而不愛上」，極切當日膏肓。又欲籍京都僧尼私菴，居官寮，省傲費，絶僧俗雜亂淫僻。四百年來，殆尚可同症同治也。至其睠懷紀綱、風俗、人才，與夫備荒、卹獄、理財、擇將諸大事，種種皆救時藥石，而當時莫盡施用，位亦不展其才。長

〔一〕據陳造撰、李之藻校江湖長翁文集（上海圖書館藏萬曆四十六年刻本）録文。

物自況，托號江湖長翁，志可悲已。遭宋不競，遺命不封不樹。生爲名儒，仕爲循吏，殁爲達士，至于今，秦郵人不能言其宅里丘墓，而天下人猶能慕其文章，然罕睹其全集。余治水江淮，訪求再歲，乃得前貢士王應元所手録者，愛而傳之，遂以節嗇餘鏹與秦太虚集並壽之梓。

嗟乎！此兩公者，夫非長淮磅礴，甓社光芒所鍾靈毓秀而爲斯文者哉？秦郵讀書種子，即此而是，文獻猶在，地靈非改，前庥不替，將來豈不可風？余自媿不堪執鞭，然願與郵人士共勉奮焉。學問津崖，端不局是，亦惟是景行尚友之，從鄉國善士始也。

陳集遭元兵燹，雲孫婦孫避亂姑蘇，獨攜一子及版，負斯籍以行，曰：「此先世之寶也。」艱關九死，卒傳兹業，事奇于壁書，孝著于追遠，此媪自佳。乃唐卿博綜學問，經濟才華，生前既鬱不行，死後必存不滅，其屬有鬼神呵護，令傳至今。夫豈偶然者乎？殺青斯竟，余適受代，姑志歲月於此。萬曆戊午季春之吉，仁和後學李之藻書。〔一〕

〔一〕文末刻陽文方印「李之／藻印」、陰文方印「戊戌／會魁／進士」。

重刻淮海集序[一]

世稱立言不朽，至與立德、立功並駕。而能言之士，競托於文焉以傳。乃羣史藝文志所載，銷滅無聞者，今亦何限？即蕪蓍僅存，猶冀咸陽再炬之爲愉快也。而秦少游先生身罹黨禍，朝廷至下詔毁其文，顧其文迄今傳焉。何物殘編，能使萬乘威詘，良亦真自有不可磨滅者令傳至今乎。

夫文之可傳，詎必皆道德性命語？封禪書、劇秦文，千載味之，不減駝峰鷄蹠。彼其精神誠有獨到，則欣賞自繫人心。火傳不盡，鬼斧不摧，誠無足訝。何況人品卓然，才追屈宋，其爲子瞻、文潛、和叔、後山諸君子所推轂，當年既有定價，而後世惡得無傳焉？方其壯歲登朝，致身史局，才名重乎海内。第令肯稍脂韋，即拾級可躋宰執。乃獨守道不阿，瘴鄉投骨，坐朋黨，坐增損實録，又坐謁告寫佛書，紹聖諸奸渠何怨之修而相窘若是？少游守死善道，無媿此衷。華光杯水，正自含咲入地。獨是繫二虜，復幽夏，志大

[一] 據秦觀撰、李之藻校淮海集（中國科學院國家科學圖書館藏萬曆四十六年刻本）録文。

見奇，嘗試用之，何遽不有瘳積弱？而邅屯賫志，令祖宗培養，父兄師友陶鎔，生平辛苦之所藴蓄，曾不供南箕卷舌之一逞。三黜未已，九辯誰招？人謂宋忠厚立國，所厚似獨儉邪，於正人君子，毒手固未貸也。

方今遭逢聖明，士大夫即骯髒忤時，最重不過投閑削籍焉。而止患不真才、真品如少游，不患横罹意外如少游所值者。乃睠高沙少游而後，無幾少游。豈其神居朝爽甓社，夜光河嶽之鍾靈也如是，而誇才子者，尚必借才於異代？然則西望荆塗，當年風起雲飛，攀鱗附翼，此其人又何方之産也？

余所爲三復遺文，重爲讐校，而願與後進之賢思齊前烈者以此。雖然，又不徒以文也。如以文，則未暇論世者，且或以其文掩其節，以其風流藴藉之辭調，掩其瓌瑋閎麗之文章，而少游幾無以自見，亦曰此有宋之豪于文者而已矣。露筋女子，不有其文，併不有其姓名，而販豎輓卒，不忘謁祠宇而致敬，其聲價蓋不落少游下。人有不朽，獨文也與哉？晦翁曾以詩人被薦，乃至抱悔殁齒。夫陁城化石，而更以蛾眉見嫵，非其志也。故吾儕所諷誦咨嗟，仿佛若對少游者，其文在也。若少游之所以爲少游者，自有本末，必不徒以其文而已也。萬曆戊午孟夏之吉，賜進士出身、奉政大夫、工部都水清吏

司郎中、三奉勑提督河道兼督木，仁和後學李之藻撰。〔一〕

獻徵役言集叙〔二〕

役言集者，獻徵于役之言也。獻徵以妙才高第簡命徐方，職司紛委，乃穆乎有暇思焉。予以骿胝之役，數往來於黄淮濟漯之間，每一接談，輒爲神盡。間與躡雲龍，登戲馬，弔楚漢之遺踪，覓韓蘇之勝蹟，而懷古憂今，證心問業，獻徵之文章經濟，稍稍從口角中流出，然而汪洋千頃，未易窺也。會予持郵湖客問二集求正，雖已謬相許可，而中所點竄，往往出人意表。因迫而索其笥中，得所謂役言集四帙。予從而卒業，不覺茫然自失。曰：吾今而知吉人之詞寡也，吾今而知有德者之有言也。夫比物連類，修詞立名者，何在不可以充棟？而獻徵之言止此。即簿書期會，職事未勞者，安往而得夫餘力？

〔一〕文末刻陽文方印「李之/藻印」、陰文方印「戊戌/會魁/進士」。

〔二〕據宋統殷役言集（北京大學圖書館藏清鈔本）録文。宋統殷（一五八二—一六三四），字獻徵，號瀛渚，即墨人，萬曆三十八年進士。役言集萬曆四十七年秋成書，時宋統殷爲户部主事徐州管倉，李之藻爲工部郎中，駐高郵管理南河。

而獻徵之言至此。其止此也，予以觀其竗，舉世間種種，第在心而滿心。其至此也，予又以觀其竅，將一脈源源，直在世而滿世。大抵綜古茹今而卓識者，居之精意，總歸於闇。批卻導窾而刃游者，出之咳唾，盡已成珠。由其人而驟聆其言，則爲人之概，姑寄之文章經濟之中。由其言而深味其人，則不言之藏，更超於文章經濟之外。予益矣，讀役言集而識文章經濟之真矣。予滋悔矣，讀文章經濟之真，而予所謂郵湖客問二集何爲者哉？予方神盡而莫知爲計，而所謂役言者，在役言役乎？抑不爲言役乎？卒歸之乎未易窺而已。虎林李之藻題。

代疑篇序〔一〕

聖人之道，無疑鬼神，斯不惑後聖。若信心不及，則疑事無名，疑行無功，未聞與道有入。而彌格子急急望人疑，又恐人不疑而代爲之疑，遵何説哉？蓋道之近人者，非其至

〔一〕據楊廷筠述代疑篇（天主教東傳文獻影印天啓元年刻本）録文。李之藻序爲手書上板。

也。故曰：及其至也，聖人有不知不能焉。非聖人安於不知不能，而遺其可知可能，惟日孶孶以求知至知，終故一息不敢少懈也。一翻新解必一翻討論，一翻異同必一翻疑辯，然後真義理從此出焉。如石擊而火出，玉礪而光顯，皆藉異己之物以激發本來之真性。始雖若戾，終實相生，安見大異者之不爲大同也？

唯拘守舊聞，自矜極致，妄謂世無域外之境界，人無超性之名理。局小心量，靈機不活，聖人復起，其以爲然乎？夫謂道備於古，經盡於聖，則易、書之後不宜有他書矣，經史之作奚爲？素問之後不宜有醫案矣，諸大家之出又奚爲？此見義理原自無窮，畸人畸書應時而出，未宜盡廢。既已畸於人，自必駭於俗。求諸自心而不得，必生疑；質諸習聞習見而不合，必又疑。而疑豈道中所禁哉？顧有正疑，有妄疑。正疑者，恐悖於理，傷於教，迷於人之性情，欲求一端至是，以窒彼之至非，此不可無也。妄疑者，吠聲吠形，襲詐襲舛，不問有無虛實，謂蘭蕙臭，謂莫邪鈍，此不可有也。

西儒從絶域外，泛重溟，浮天末，來此創寓，匪第語言未通，性行未浹；即義理精微，全憑書籍，而文教懸殊。此中以六書爲體，有形而後有聲；彼國以二十三字母爲用，有聲而後有形。不但密義難疏，即尋常淺解，有一字而費數十遍翻譯。若欲摘疑生辨，逐支逐節，皆是問端，安可置而勿疑？彼泛泛嘉與，無所違覆者，諸儒固最恥之。若謂彼嘉與者，不過奇我遠國土風，詫我新巧製作，此何異貴翡翠、象犀、柟檀之入中國，禽獸草木我也？貴工倕之指、離朱之目、般輸之斧斤，梓匠輪輿我也？是故僞者之譽我，不若仇者之詰我。以此望人求疑求辨，共疑共辨，安得不急急哉？始乎有疑，終乎定信，自是一信之後，不復再疑。始知宇宙公理，果非一身一家之私物，吾何不以公心還之？其真同者，存爲從前聖教之券識，東海西海之皆同；真異者，留爲悟後進步之燈，亦復命歸根之有賴。無非寔益，大道爲公，孰與夫意見横分，狹小天地而自束縛其靈寸者哉！請以質諸有道，勿靳此疑也。涼庵子題。

合刻于忠肅公集序〔一〕

正統己巳秋，統幕失利，天子蒙塵，所不爲永嘉、靖康續者，忠肅于公一人之力。維時力排和議，決計戰守，治扈從失律之罪而軍紀明，簡城營將帥之臣而材武奮；鑒宋室南遷

〔一〕據于謙于忠肅公集（上海圖書館藏天啓元年孫昌裔刻本）録文。按，孫昌裔，閩縣人，萬曆三十一年福建舉人，爲李之藻門生；萬曆三十八年進士，四十七年任杭州知府，天啓元年升浙江按察司副使。

之禍而鐘簴不摇，除中行説腹心之疾而刼質計沮；立團營而積弱再振，戰城北而驕虜鋒摧；通灣之困移而牟駝不爲盜資；畿内之胡徙而羌羯無由雲擾。至於迎鑾決策君臣兄弟之倫，實賴公之一言以爲九鼎。而黔粤閩浙之間，所在蠢動，沈機制勝，萬里安瀾，猶其功烈之細者也。用以再造乾坤，重輝日月。

蓋浙之文臣有大功於國者三，劉、王兩文成暨公。而劉際聖神開闢，其攀附易；王處濞戊昏狂，其刈薙亦易；當公世而中國幾無主矣。擁立不易，復辟更難。然而，兩文成以功名終，公獨以讒賊死也。悲夫！宰嚭進讒鐲鏤賜，秦檜擅國金牌徵，夫皆浙事，蓋亦暨公而三。所不同者，抉目東門，無救陽山之戹；含冤大理，不暢黄龍之飲；而公灑血燕市，乃在乘輿反正，國事大定之後。蓋不俟憐忠詔下，而白雲堆裏，公已含笑長逝，無所悔於其衷已。

乃不知公者，尚以易儲不諍，諍不得不去爲公遺恨。不知公實疏諫易儲，景皇不豫，公又再疏復儲，疏入不省。公歿，英廟檢牘宫中，覽之而泣，孝恭太后又爲備述公功，自後諸憝漸次伏法。成化恩綸所謂「先帝已知其枉，朕心實憐其忠」者，蓋指此也。令公坐視虞淵之霣，憲廟亦應且憎，其孰能褒卹頻繁，種種出之獨斷，官其子至京兆，廕及爲其後者世千户秩乎？身殞家籍，徐石負嵎，害己是祛，樞櫝不存什一。何況疏關國本，縱造膝泣争，不在李長源下。處人父子，情勢極難，且外人奚自聞耶？若乃言絀身留，更自有説。天下方視公去就爲安危，公身委社稷，業死生以之矣。而況倚眷如彼其專也。鴟夷赤松，福緣自似分定。功高妬酷，後來之事，公固潛自知之。對客擲梧，佯怒其子。卒之公及於禍，而京兆君獲以失愛免孥戮，亦何嘗不智周詒燕，而甯出之以甯武之愚，則公之忠所以爲不可及者也。

公初謚肅愍，神廟時易今謚，予祠額録，爲公後者秩緹帥。不能生圖麟閣，猶幸殁饗太常。假令血胤仍存，誠意、新建之賞，朝廷豈有靳焉？如公此日，蓋已恩涵明聖之波，光賁麒麟之塚，政不必與怒捲胥濤，迴柯岳樹，同類而共弔之也。讀公本兵覆疏，洞暢簡嚴，凜凜斧鉞，即督撫大臣無錯貸。想見當日廟堂有人，臂掉指運，朝廷之體自尊。至近日而百行勘也，百廷議也，東胡小醜，一蹢躅幾不可制。夫安得起公九原，馬箠折而藁街懸。豈光岳氣歇，時無真才？抑魚水之契，鍼芥之投，徒慨慕於景泰之世，而魯之鼎、齊之瑟，未免荃宰之適相左耶？

太守孫公昌裔下車，景行前喆，得公詩集、奏疏二種凡若干卷，合梓郡齋。藻頃從客舍又得旃功舊本，中有程篁墩序，語多關係，併寄付梓。嗟夫！公去今百六十年，不可復覯矣。詩文可覯，即公猶可師也。世無商高有其算，世無秦越人有其禁方，當國難而冀效其匡扶，此獨非算術禁方也乎哉！太守公雅志尚友，抑以厲我後人，其孰有嗣公于邁，鞏金甌而舒華夏之氣於今日者，公之精神將不寄之書而寄之人，則太守公蒞杭功德殆其前茅歟？越有三社稷臣，異日者明廷四之，棠蔭桑共，吾重爲兩浙夸矣。天啓改元歲在辛酉日躔東井，賜進士出身、奉政大夫、修正庶尹、光禄寺少卿，里中後學李之藻盥手敬書。

刻職方外紀序〔一〕

萬曆辛丑，利氏來賓，余從寮友數輩訪之。其壁間懸有大地全圖，畫線分度甚悉。利氏曰：「此吾西來路程也。」其山川形勝土俗之詳，別有鉅册，已藉手進大内矣。」因爲余說：「地以小圓處天大圓中，度數相應，俱作三百六十度。凡地南北距二百五十里，即日星

〔一〕據艾儒畧增譯、楊廷筠彙記職方外紀（中國國家圖書館藏天學初函本）録文。

晷必差一度。其東西則交食可驗，每相距三十度者，則交食差一時也。」余依法測驗，良然。廼悟唐人畫方分里，其術尚疎，遂爲譯以華文，刻爲萬國圖屏風。居久之，有瀆呈御覽者，旋奉宣索。因其版已攜而南，中貴人翻刻以應。會閩稅璫又馳獻地圖四幅〔一〕，皆歐羅巴文字，得之海舶者。而是時利已即世，龐、熊二友留京，奉旨繙繹。龐附奏言：「地全形凡五大洲，今闕其一，不可不補。」乃先譯原幅以進。別又製屏八扇，載所聞見，附及土風物產，楷書貼説甚細。余以甲寅赴補，幸獲覩焉。此圖延久未竟，會放歸，齎投通政司，弗納，則奉致大明門外，叩頭而去，今尚庋中城察院云。而龐、熊旋卒於途。其底本則京紳有傳寫者，然皆碎玉遺璣，未成條貫。

今年夏，余友楊仲堅氏與西士艾子爲增輯焉。凡系在職方朝貢，附近諸國，俱不録，録其絶遠舊未通中國者，故名職方外紀。種種咸出俶詭，可喜可愕，令人聞所未聞。然語

〔一〕「地圖四幅」，職方外紀明末閩刻本及日本鈔本均作「二幅」。按龐迪我奏疏稱：「奉旨發下印板圖畫二扇」，又云「原版該是四扇，今得二扇，故爲未全，如蒙欽命，容臣等照樣補完二扇上進。」則閩稅璫所獲獻之圖原僅二幅，並不完整，龐迪我擬補爲四幅。閩本及日本鈔本作「二幅」不誤。參見謝方職方外紀校釋（中華書局，一九九六）頁八。

必據所涉歷，或彼國舊聞徵信者。世傳貫胸、反踵、龍伯、僬僥之屬，以爲荒誕，弗收也。

艾子語余：「是役也，吾諝聞也與哉！地如此其大也，而其在天中一粟耳。吾州吾鄉又一粟中之毫末，吾更藐焉中處，而争名競利於蠻觸之角也與哉！則性爲形役，實錯厥履。夫皆夸毗其耳目思想以自錮，而孰知耳目思想之外，有如此殊方異俗、地靈物産真實不虚者，此見人識有限，而造物者之無盡藏也。而又窮變極備，隨處悉供人類之用，兼賦人以最靈之性，俾能通天徹地，不與草木鳥獸同頑同朽。明乎造物主之於人獨厚也，人可不克己昭事，以期復命歸根？作如是觀，庶吾儕未闡天道，先語地員，不詒先後倒置之誚也乎！」

而艾子之友金子則又曰：「此姑以綴屏上之圖也云爾。吾欲引伸其説，作諸國山川經緯度數圖十卷、風俗政教武衛物産技藝又十卷，而後可以當職方之一鏡也。」金子者，齎彼國書籍七千餘部，欲貢之蘭臺麟室，以參會東西聖賢之學術者也。德之庥明，奎躔炳瑞，時則有異國異書，梯航九萬里而來，蓋曠古於今爲烈。聖主崇文，第令得廣致羣英，分曹摘槧，以盡傾海嶽之奇乎？將河洛未足誇，鳳鳥不虚至，而謂曩所拾一屏一册臥遊之具，尚足爲愢聞炫哉！

余聞西域天文洪武中曾譯之，右文家法固然矣。禮樂盛百年，聲教覃四海，儒有涵醇飫蹠，播頌於無窮，知必不與鳩摩、玄奘輩所致書同類而并眡之也。天啓癸亥日躔天駟，浙西李之藻書於龍泓精舍。〔一〕

讀景教碑書後〔二〕

盧居靈、竺間，岐陽同志張賡虞惠寄唐碑一幅，曰：「邇者長安中掘地所得，名曰景教流行中國頌。此教未之前聞，其即利西泰氏所傳天學乎？」余讀之，良然。所云「先先無元，後後妙有」，開天地，匠萬物，立初人，衆聖元，尊真主，非天主上帝，疇能當此？其云三一妙身，即三位一體也；其云三一分身，即費畧降誕也；其云同人出代，云室女誕聖於大秦，即以天主性接人性，胎於如德亞國室女瑪利亞而生也。「景宿告祥」，異星

〔一〕文末刻陰文長印「耕犂石/堂涼叟」、陰文方印「李印/之藻」。

〔二〕據唐景教碑（中國國家圖書館藏天學初函本）録文。箇別紙殘缺字處，據臺灣學生書局一九七八年影印金陵大學藏天學初函本補。

見也；「覩耀來貢」，三君朝也；「神天宣慶」，天神降也；「亭午昇真」，則救世傳教功行完而日中上昇也。至於法浴之水、十字之持、「七時禮讚」、「七日一薦」，悉與利氏西來傳述規程脗合。而今云「陡斯」，碑云「阿羅訶」；今云「大傲魔」，碑云「娑殫」，則皆如德亞國古經語。不曰「如德亞」，而曰「大秦」，考唐書，拂菻國一名大秦，西去中國四萬里；又考西洋圖誌，如德亞纖東一道，其名曰秦，道里約畧相同。阿羅本輩殆從此邦來者，故以大秦稱云。

其至長安也，以貞觀九年，上溯耶穌降生近六百禩。是時宗徒傳教殆徧西土，大唐德威遠暨，應有經像重譯而來。爾乃宰相郊迎，翻經内殿，爲造大秦寺於義寧坊，命名景教。景者，大也、炤也、光明也。大帝時又勅諸州各置景寺，崇奉之至顯，與儒釋玄三教共峙寰宇，非特柔懷異域，昭王會一統之盛而已者。聖曆則武氏宣淫，先天則太平亂政。貞哀既相挺迕，水火應必煎烹。用壯相傾，理同盜憎，禍來無鄉，蓋千古有同慨焉。羅含、及烈，重振斯文；佶和再來，涣頒睿劄。玄肅代德，四朝寵賚彌渥，汾陽重廣法堂，依仁施利，修舉哀矜七端，遂勒此碑，以紀歲月。其頌中多述唐德，亦具景教大指。所稱賜良和、懸景日，明著肇我人類以及補續救世之恩。而貞觀所譯，竝所留二十七部經文，即今貝葉藏中或尚有可檢者。

所疑天學儒行，曷以僧名？則緣彼國無分道俗，男子皆髠，華人強指爲僧，渠輩無能自異國。即利氏之初入五羊也，亦復數年混跡。後遇瞿太素氏，乃辨非僧，然後蓄髮稱儒，觀光上國。我神祖禮隆柔遠，賜館多年，於時文武大臣有能繼房、郭之芳蹤，演正真之絶緒者乎。

七千部奥義宏辭，梯航嗣集，開局演譯，良足以增輝册府，軼古昭來。其如道不虚行，故迄今尚有所待。三十餘載以來，我中土士紳習見習聞於西賢之道行，誰不歎異而敬禮之？然而疑信相參，詫爲新説者，亦繁有焉。詎知九百九十年前，此教流行已久。雖世代之廢興不一，乃帝天之景命無渝。是佑諸賢，間關無阻。更留貞石，忽效其靈。所繇仁覆閔下，不忍令魔錮重封，天路終閼，故多年閟奇厚土，似俟明時。今兹焕啓人文，用章古教，而後乃知克己昭事，以無俾忝生而怛死。此學自昔有聞，唐天子尚知莊事，而況我聖朝重熙累洽，河清璽出，儀鳳呈祥之日哉？

碑文贍雅可味，字體亦遒媚不俗，世不乏欣賞者。要於返而證之六經，諸所言帝言天，是何學術？質之往聖，曩所問官問禮，何隔華夷？即如西賢九萬里外繼踵遠來，何以捐軀衛道九死不悔者，古今一轍？而我輩不出户庭，坐聞正真學脈，得了生死大事，不可謂全無福緣者。何以尚生疑阻，悖吾孔孟知天事天之訓而不慙且驚？夫且借碑作砭，明參細駁，即欲不祛俗歸真，祈嚮於一尊而不可得。不然者，無論詭正殉魔，自斲生理，政恐蜉蝣生死相尋，共作僇民。 迴望房梁公、郭汾陽王已爲絶德，而況其進焉者乎？ 天啓五年歲在旃蒙赤奮若日躔參初度，涼菴居士盥手謹識。

人物考訂補序〔一〕

四書闡明正學，體非紀載，故稱述古人甚少，然所載皆聖賢名碩。 士既童而習之，自宜仰止景行，尚友論世，證諸羣經，參諸史傳百家，是爲善學。 諸皆秦漢以前文字，即欲操觚學古，舍是亦無津筏也。 然而帖括穽人，鮮肯旁涉，三家之市，亦苦文獻無徵。 毘陵薛公人物考一書，逖覽類徵，几案間殊不可少。 中所援引前志，頗改舊文，緣一時互見者多，故義例宜參筆削。 第文隨世降，持平品騭，終不能掩舊文之妙。 且學者亦當稍探原委，不則別風淮雨，索解奚繇。 用是復釐殺青，訂訛補缺。 大抵據所自出，以存原質，而於詰屈難讀、深奥須解者，併原注音義采之，不足者補之。 其義則老友咫聞許君特有啓發，而兒

〔一〕據薛應旂輯、朱焯注釋、許胥臣訂補四書人物考訂補（上海圖書館藏天啓七年刻本）録文。

曹識筆研者，共蒐弋焉。是區區者，良未足以當千蹠之一臠。余喜其好徵古事，可以奪彈棊觀劇之娛；好尋古文，可以矯談空説幻之繆。比物此志，寧獨四書，得趣者其嗜寢多得力處，終身有用。所不屑爲晚世人物而必欲躋身於三代之英，此一編也，即醫之案、奕之譜，而寧詎傲所不知爲説鈐而已者？如曰吾自有願學者在，則請從好古敏求始。天啓彊圉單閼之歲日躔東井，仁和李之藻書於靈竺玄棲。〔一〕

跋楊忠愍公手書〔二〕

余童稚時，先君手録忠愍公疏以示，竊知嚮往。比筮，獲與公之蔭子尚寶君遊，乃今

〔一〕文末刻陰文方印「古伯/囧氏」、「李印/之藻」。

〔二〕據武林文獻内編明八（香港大學圖書館藏武林文獻鈔本第十六册）録文，篇名下署李之藻。按同册收録楊繼盛手書題辭跋語十篇，均在天啓末崇禎初。按，崇禎元年孟春仁和張蔚然跋署云：「武原鄭君孝標，端簡公聞孫也，藏有楊忠愍公手牘，屬余識末。」可知楊繼盛信札爲鄭曉後人收藏。方豪李我存研究（我存雜志社，一九三七，頁八七—八八）録文題作楊忠愍公手札書後，闕末行年月署名，謂抄自原浙江省立圖書館藏武林文獻外編。

又得覩公手蹟，諸皆述其疏所由上，暨廷杖下獄，九死一生之苦，以慰知己而絶無感憤怨懟之意。公非特直臣，真純臣也。當是時，魂飛湯火，片紙漫書亦何意流傳人世，然而形銷骨化，忠耿不磨，併遺墨數行，幾與岐陽鼓、延陵碣並存宇宙，讀之而不愴然悲且惕然動忠君憂國之思者，豈人也哉！而端簡公氣聲應求，詒謀忠孝，與其賢子孫所爲丕承先志者胥此見焉。嗟夫！定陵收聲于寂，則盈廷耳聒於鱗批；天啓或借之叢，則具位容身於兜緘。夫階聞兩君子之風，必能興起者，而惜不持此帖徧眡之，或者其更有省也。歲丁卯日在東井，仁和李之藻識。

譯寰有詮序[一]

權輿天地，神人萬物森焉。神佑人，萬物養人，造物主之用恩，固特厚於人矣。原夫人稟靈性，能推義理，故謂小天地，又謂能參贊天地，天地設位而人成其能。試觀古人所不知，今人

[一] 據傅汎際譯義、李之藻達辭寰有詮（四庫全書存目叢書子部第九十四册影印崇禎元年刻本）録文。

能知；今人所未知，後人又或能知。新知不窮，固驗人能無盡，是故有天地不可無人類也。

顧今試論天地何物，何所從有，何以繁生諸有，人不盡知，非不能知，能推不推，能論不論，奚從而知？如是而尚語參贊乎？不參贊尚謂虛生，併不肯推論，不與一切蠢動埒乎？兩人邂逅，初識面目名姓，稍狎之，併才情族屬瞭然；獨於戴堪履輿，五有孕結，其爲生我、育我、終始我諸所以然，終身不知，終古無人知也，而可乎？聰明傍用，不著本根。貿貿而生，泯泯而死。夫惟不能推厥所以然，是故象緯河山，不識準望；躔度變合，不知步測；冷熱乾濕，不審避就；乃至稼穡耕穫遺利，醫療運氣失調，化遷盈縮愆時，工藝良楛違性，梯航軍旅迷嚮；以至操觚繪物、比事撰德，悉皆耳食臆忖，無當實際。彼夫裨海大瀛，三千大千，一切恣其夸毗以誣惑世愚，而質之以眼前日用之事，大抵盡茫如也。鞬韄靈明既甘自負，更負造物主之恩，且令造物主施如許大恩於世而無一知者，則其特注愛於人類亦何爲也。

昔吾孔子論修身，而以知人先事親，蓋人即「仁者人也」之人，欲人自識所以爲人，以求無忝其親。而又推本知天，此天非指天象，亦非天理，乃是生人所以然處。學必知天，乃知造物之妙，乃知造物有主，乃知造物主之恩，而後乃知三達德、五達道，窮理盡性以至於命，存吾可得而順，歿吾可得而寧耳，故曰儒者本天。然而二千年來推論無徵，謾云存而不論，論而不議。夫不議則論何以明，不論則存之奚據？蔽在於蝸角雕蟲既積錮於俗輩，而虚寂恈幻復厚毒於高明，致靈心埋没，而不肯還嚮本始一探索也。

景教來自貞觀，當年書殿繙繹，經典頗多，後人妄爲改竄，以歸佛藏，元宗沈晦殆九百載。我明天開景運，聖聖相承，道化翔洽於八埏，名賢薦瑞於上國。時則有利公瑪竇浮槎開九萬之程，既又有金公尼閣載書踰萬部之富。乾坤殫其靈祕，光岳焕彼精英。將進闕廷，鼓吹聖教，文明之盛，蓋千古所未有者。緣彼中先聖後聖，所論天地萬物之理，探原窮委，步步推明，繇有形入無形，繇因性達超性，大抵有惑必開，無微不破。有因性之學，乃可以推上古開闢之元；有超性之知，乃可以推降生救贖之理。要於以吾自有之靈返而自認，以認吾造物之主，而此編第論有形之性，猶其淺者。

余自癸亥歸田，即從修士傅公汎際結廬湖上，形神並式，研論本始。每舉一義，輒幸得未曾有，心眼爲開，遂忘年力之邁，矢佐繙譯，誠不忍當吾世失之。而惟是文言敻絶，喉轉棘生，屢因苦難閣筆，乃先就諸有形之類，摘取形天土水氣火所名五大有者而創譯焉。夫佛氏楞嚴亦説地水火風，然究竟歸在真空，兹惟究論實有，有無之判，含靈共曉，非必固陋爲贅，畧引端倪，尚俟更僕詳焉。然而精義妙道，言下亦自可會，諸皆借我華言，翻出西義而止，不敢妄增聞見，致失本真。而總之識有足以砭自小自愚。而蠅營世福者，誠欲知天，即此可開户牖，其於景教，殆亦九鼎在列而先嘗其一臠之味者乎？是編竣而修士於中土文言理會者多，從此亦能漸暢其所欲言矣，於是乃取推論名理之書而嗣譯之。噫！人之好德，誰不如我？將伯之助，竊引領企焉。不然，秉燭夜遊之夫而且爲愚公、爲精衛，夫亦不自量甚也。崇禎元年戊辰日躔天駟之次，後學李之藻盥手謹識。〔一〕

辯學遺牘跋〔二〕

蓮池棄儒歸釋，德園潛心梵典，皆爲東南學佛者所宗，與利公昭事之學戛戛乎不相入也。兹觀其郵筩辯學語，往復不置，又似極相愛慕，不靳以其所學深相訂正者，然而終於未

〔一〕文末刻陽文方印「李印／之藻」，陰文長印「耕犂石／堂凉叟」，陰文方印「古伯／囧氏」。

〔二〕擬題。據辯學遺牘（中國國家圖書館藏天學初函本）録文。原無題。李之藻跋當作於天啓二年虞淳熙卒後。又國圖藏天學初函本卷首署「習是齋續梓」。内封下半刻「辯學遺牘」四字，上半鎸小字識語：「虞銓部未晤利公，而彼此以學商證，愛同一體，然其往來書牘惜多散佚。今刻其僅存者，喫緊提醒語不在多耳。蓮池亦有論辯，併附牘中。慎修堂識。」

能歸一，俄皆謝世。悲夫！假令當年天假之緣，得以晤言一室，研意送難，各暢所詣，彼皆素懷超曠，究到水窮源盡處，必不肯封所聞識，自錮本領。更可使微言奧旨，大豁羣蒙，而惜乎其不可得也。偶從友人得此抄本，喟然感歎，付之剞劂，庶俾三公德意不致歲久而湮，淺深得失，則余何敢知焉。涼菴居士識。

刻天學初函題辭〔一〕

天學者，唐稱景教，自貞觀九年入中國，歷千載矣。其學刻苦昭事，絶財色意，頗與俗情相盭，要於知天事天，不詭六經之旨，稽古五帝三王，施今愚夫愚婦，性所固然，所謂最初最真最廣之教，聖人復起不易也。皇朝聖聖相承，紹天闡繹，時則有利瑪竇者，九萬里

〔一〕據李之藻輯天學初函（學生書局一九七八年影印金陵大學藏本）録文。國圖藏天學初函内刻天學初函題辭首殘（欠1a—2a）。按天學初函總目：「理編總目：西學凡、唐景教碑附、畸人十篇、交友論、二十五言、天學實義、辯學遺牘、七克、靈言蠡勺、職方外紀」「器編總目：泰西水法、渾蓋通憲圖説、幾何原本、表度説、天問畧、簡平儀、同文算指前通編、圜容較義、測量法義、句股義」

抱道來賓，重演斯義，迄今又五十年，多賢似續，翻譯漸廣，顯自法象名理，微及性命根宗，義暢旨玄，得未曾有。顧其書散在四方，願學者每以不能盡覩爲憾。兹爲叢諸舊刻，臚作理、器二編，編各十種，以公同志，畧見九鼎一臠。其曰初函，蓋尚有唐譯多部，散在釋氏藏中者，未及檢入。又近歲西來七千卷，方在候旨，將來問奇探賾，尚有待云。天不愛道，世不乏子雲、夾漈，鴻業方隆，所望好是懿德者，相與共臻厥成。若乃認識真宗，直尋天路，超性而上，自須實地修爲，固非可於説鈴、書肆求之也。涼庵逸民識。

刻文文山先生集序[一]

宇宙之所以立，惟是三綱五常，有人擔任。人人當任，亦人人能任，然人不皆肯任，原夫造物者畀人靈性，又畀人以自主之權。任與否，功能悉以與人，而往往陰騭善人，以玉汝於成。是故人所慷慨而自赴，嘗不如天道之宛曲以相就者，緣更巧、力更大也。人肯一

〔一〕據文天祥著、鍾越評閱宋文文山先生全集（中國科學院國家科學圖書館藏崇禎二年刻本）録文。

提靈性，作住擔任，造物從而助焉。宇宙雖大，一點丹心可攝。縱至宇宙有滅，丹心畢竟不滅。彼宇宙内暫現暫滅之禍福，桁楊刀鋸，一切毒害，總以幻我、煉我、試我、成我，而不能奪我。或能奪我有形之軀，詎能奪我有主之性？故曰匹夫不可奪志。此匹夫乃無匹之夫，頂天立地，其生也有爲，其死也足以撑持今古，而亦古至今，今至無窮世，恒永不死者也。古來剖心粉骨、採蕨沈湘之儔，誰非乾坤正氣浩然而獨存者？顧其間或有一時憤激致命而磨折未嘗，或多方求死不能而身名終泰。獨文山先生，生逢陽九，自入宦途，以至破家起兵，執辱脱逃，再振再俘，而繼之以死，轗軻歷盡，忠義皎然，照燿汗青，爲從前所未曾有。

嗟乎！人臣苟事權在握，涉閲歲時，不效而死，死自其分。文山初歷散員，五遭臺劾，何嘗得試其奇？開設四督府，合半壁天下之勢以制狂胡，可謂局大而謀長，乃廷議迂而弗用。拜相之日，虜已駐軍皋亭，詒令出使講解，旋送璽，旋散兵，此身業爲虎吻之殘。俄而自拔京口，更踣儀真，奮旅劍南，遂俘坡嶺，而一死報國之外，無他策矣。原夫權非宿授，力豈從心，雖使孔明、長源生乎此際，抑能展一籌否？羈燕三載，誘以官爵，動以骨肉，迫以威刑，無改成仁取義之素志。一旦結纓柴市，就義從容，而先生乃始含笑九原，曰吾事畢矣。

人生自古誰無死。先生一死，而宋朝三百年尊賢敬士之報，此結其局，萬古君臣大義復於此朏其明。死有重於泰山，其此謂哉！然而，先生能自主決死，不能自主即死。當其忤伯顔、罵叛臣可死。饑憊走江北，鋒鏑可死。浮海可死。吞腦子、絶粒八日可死。顧皆不死，卒乃需之歲月，明目張膽，揚大義於虜庭；茹苦吟酸，振哀音於絶代。幽囚如蘇武、郝經，又增一死；授命如納肝決脰，更歷多凶。天乎？人也乎哉？良繇宋曆已終，大福不再，造物者以英靈偉傑之氣篤生此一人，而又畀完名全節以畀焉。俾之善其死以寄其重，風沙爲之震撼，星象爲之推移，種種旌異，固不令其自經溝瀆，人莫之知也。當時臺臣如黄萬石輩，執政如陳宜中、賈餘慶、留夢炎輩，摧抑陷害，不遺餘力。彼獨非讀聖賢書者耶？乃至與盜賊夷狄共爲首尾，以成先生之奇節，其有意相成者耶？抑造物者有成命，此曹子爲鬼神効靈，不得不然，忘其自主之靈性者耶？

先生詩文散軼，今存者僅若干。椽筆錦心，從獄中摎取時，已爲虜主所嘆。吾杭鍾生越重爲訂輯，以畀殺青。其懷忠弔古，雅志有足尚者。憶乃烈祖文陸先生請卹忠肅于公之裔，與文山竝祠於都下，生此舉可稱繼志夫文陸先生。遺愛垂棠，宣勞死事，賜祠忠惠，寔我定陵之良也。生有志乎！忠臣良臣亦各隨時自效，以惟天所授，至於綱常撐立。我輩擔非可弛，進思謀國，退亦勿墮家聲，往古來今，應不只生一文山而已也。崇禎己巳日在箕宿，浙西後學李之藻書於廣陵舟中。〔一〕

睡畫二答引〔二〕

人自有生迄没齒，自省皆是一夢，他人從旁看之，則皆一畫。從古人至今人，皆夢皆畫也，則從小事至大事，從一事至億萬事，愉悲妬戀，得喪死生，以至征誅揖讓，無不夢、無不畫也。夢無留迹，畫有留迹，而迹虚非實，試夢中説夢，畫後評畫，夢從何起、從何滅？何以不自覺、不自主？鑄鼎象物，辨神奸，垂法戒，既以身入畫矣，當作檮杌垂戒畫，抑作聖喆垂範畫？夫夢緣習生，人不夢推車入鼠穴，非所習也。根性本超，合眼栩栩，機神已逗，醒來秋駕師傳，情就熟生，寤不自主，何況于夢？所以練性忘情，以寤寐卜所學之淺

〔一〕文末刻陽文方印「李印／之藻」、陰文方印「戊戌／會魁」。
〔二〕據畢方濟著、孫元化訂畫答睡答（耶穌會羅馬檔案館明清天主教文獻第六册影印明刻本）録文。

深也。若乃舉心動念，便妨描畫。有人十目十手，倍益警策，方且視潛伏爲龍見雷聲，誰甘備諸醜於蠅營狗苟？此今梁子睡畫二答之旨，觕論則隨事省克，精論則通晝夜爲大覺，徹宇宙爲繪觀，無非道、無非學也。如以睡與畫而已矣，則蕉鹿柯螘，世方長迷不醒，提喚實難，而辯士舌、文士筆，盈耳充棟，絶勝丹青之用。不聞曚瞍有省，奚以之解衣盤礴而咀黑甜之味爲？崇禎己巳日在斗，李之藻書于廣陵舟中。〔一〕

〔一〕文末刻陽文長印「耕犂石/堂涼叟」、陰文方印「李印/之藻」。

李之藻集卷之五　啓〔一〕

賀吴曙谷晉少宗伯〔二〕

講幄勛高，獻納耀前星之彩；容臺望峻，絲綸新宗伯之銜。曳履階崇，彈冠慶洽。恭惟真儒振伐，名世匡時。史才直繼龍門，學粲千蹠；經術遠超虎觀，識動五龜。棘闈拔竹箭于鄧林，仙禁徹蓮輝于閬苑。藉藉斗山之望，士景芳徽；休休公輔之衷，人推名德。是以黄扉簡重，華省贊徽。紫鴳鳴夏谷之音，人瞻鳳起；緑樹煕陽翹之潤，春靄鶯遷。大禮千年，握玄樞而斡〔三〕旋五運；祥噫十二，調神鼎以斟酌元和。豈徒參貳于春曹，永藉討論

〔一〕書啓十篇，據李日華輯、魯重民補訂四六類編（四庫禁燬書叢刊補編第三十六册影印北京大學圖書館藏四六全書崇禎刻本）録文。

〔二〕據四六類編卷三禮部録文。吴道南，字會甫，號曙谷，江西崇仁人，萬曆十七年進士，三十七年擢禮部右侍郎署部事。萬曆二十二年，吴氏主考浙江鄉試，爲李之藻座師。

〔三〕「斡」，原作「幹」，據文意改。

于秘府。少頒制作，陳泰階之六符；即慶登庸，聯文昌之三相。休光藉照，寵賁分榮。某幸側宮墻，獲依日月。一麾江海，媿虛大冶之恩；千里雲霄，悵隔長安之日。生三矢切，敢云澗藻溪毛；吹萬同慈，未罄鼠肝蟲臂。謹修尺素，少薦寸丹。伏願益懋鴻勛，彌新台祉，贊機衡政，歷二十四考中書；高啓沃功，綿萬億千年景運。

答邗關白長倩〔一〕

企鼓瑟之湘靈，韻留一曲；近廻舟之仙子，風引三山。調饑未扣乎洪鍾，將悃乃申其片契。恭惟翁丈，楚才絶世，漢賦淩雲。敲金戛玉之文章，名傳授簡；暖日祥雲之韻藉，度挹含香。借兹餐沆瀣之清標，來作霈寰區之澍雨。關譏何幸，掛帆無恙秋風；省署多緣，挹潤可親冬日。某夙望星辰之縹緲，欲承謦欬以鳴風；今依蘭茝之芳馨，亦快樓臺之得月。蓋已三承鯉椷，未遑一覿龍光。若遠客之思歸，望城闉而轉切；似樵材之就斲，賴繩

〔一〕據四六類編卷四工部録文。

墨以施功。乃權檜方梏其躬，故光霽徒形諸夢。山陰一棹，媿遲訪戴之良緣；江上數峯，竊喜識韓之不遠。謹裁短牘，用托長懷。藉手芹將，敢爲瓊瑶之可報；馳心鴻宇，尚期鑪冶以同融。不盡鄙私，統祈涵鑒。

答撫院蘇石水報代〔一〕

步上相于紫垣，光依日近；旋孟陬于黄道，春自天來。霈雨露以維新，慰雲霓而志喜。恭惟台臺，道該萬有，思暢八風。清規朗映，霜華矩矱，凜冰壺玉尺；妙用高揮，月斧翕張，操威虎神符。膚功歷中外以兼資，特簡表東南而作鎮。兹者雍車入洛，士女翹瞻；矯首來蘇，山川增色。而某戴天有造，縮地慳緣。萍水馳蹤，歎竹馬兒童之未預；山龍入夢，快油雲膚寸以方興。正不勝雀躍之私，又幸拜虹光之吐。造元元之福，共思德化之成；竭戔戔之愚，輒瀆尊嚴之聽。維兹兩浙，運遘三空，既水旱之連殃，復徵輸之迭出。高高下下，都倍錢糧；縷縷珠珠，堪悲瘡肉。加以織造、歲造、改造，民間之杼軸全停；繼之調兵、募兵、

〔一〕據四六類編卷五都憲録文。蘇茂相，字弘家，號石水，福建晉江人，萬曆二十年進士，四十八年擢浙江巡撫。

送兵，師行而儲胥曷出？故外有財賦之名，而中則詘；且俗亡禮義之教，而衺更猖。省會中到處僧尼，又寢熾無爲之教；江海上蔓延盜賊，那曾練必勝之兵！堂奧踈防，浪死向遼東之路；丁男遠戍，資生秏南畯之農。粟貴而民若寄生，俗媮而官同逆旅。何以安其居而美其俗？孰爲拯之壑而解之懸？所賴台臺，活民抱一粒之金丹，永賴垂百年之石畫。念積貯爲大命，藏富則寬彼繭絲；用安輯爲小康，蠧蠹乃祛其害馬。端民耳目，簡淫祀以崇教化之原；振我精神，討軍實以杜窺窬之釁。蓋甫下車而洞諸肯綮，業燭照類計以無遺；行爲請命而奠此介藩，致徹土苞桑之永固矣。某切瞻台而路迴，欣過化以神馳。未覲龍光，朁説倖投于采菲；終遊鴻圃，輿歌咸頌于垂棠。輒因臺使之臨，僭附野人之祝。天空海濶，懸知涵納之無邊；蟲臂鼠肝，從此生成之有托。

答王咸所文宗〔一〕

淮海分繻，欣切文昌之座；壁奎藉照，又披雲漢之光。探荷投瓊，顧慙引玉。恭惟老

〔一〕據四六類編卷八臬司録文。王以寧，字楨甫，號咸所，浙江山陰人，萬曆二十六年進士，四十二年南直提學副使。

年丈學兼經緯，道重斗山。峻稟稽峯，華國擅盛名于白鳳；奇探禹穴，亢宗恢世業于青箱。花封留棠樾春温，白簡振楓庭秋肅。在昔埋輪南粤，澄清周桂海炎荒；於兹振鐸舊畿，陶冶試春風化雨。蓋道範允諧乎師範，故觀風兼借以觀文。會看網絡，金天盡英雄而入彀；還自衡持，玉尺表繩墨以爲招。共傳甲乙之題，已盡東南之美。弟羈身蒼水，引領玄提。亦徒抱此鬱陶，敢謂申其繾綣。乃鎖棘勞讐校之際，想夜央燃太乙之藜，而揮毫灑酬答之文，俾寒谷襲和陽之律。恊心可當乎覿面，衮語更益以豐儀。古道依然，念罔遺於菅蒯；仁風藹若，庇且藉于雲天。肅九頓以登嘉，附一牋而鳴謝。翹瞻威斗，何時挹騰馥之芝蘭；擬續瓣香，即日賀争妍之桃李。

答口北道張明衡[一]

北門鎖鑰，雄邊式鍾鼓之靈；東壁圖書，瑞靄挹芝蘭之秀。媿啓居之久曠，欣謦欬之

[一] 據四六類編卷八臬司録文。張曉，字明衡，山東益都人，萬曆三十五年進士。

先施。恭惟台臺韞擅珠英，品貞玉尺。宗九流而歸學海，珠璣光動文昌；遊八面以應盤根，經緯星餘武庫。讞獄空貫城之法象，籌邊裕壘陣之儲胥。布澤流醇，鷁首東漸皆德水；抱嬰拔薤，雁門北望有春臺。乃荷主知，移旌上谷。符開鎮〔一〕，風清翰海烟銷；瑞輯龍圖，色動水天日暖。暫爾奠神皋而護肩背之重，行且調玉鼎而膺心膂之司。某辱附師門，德依燾被。戲馬臺前，燕喜快坐春風；封狼塞上，威名仍看秋獮。正夢想丐司南之教，倏勒渠焕天外之光。情愜寒暄，恍接語爻默象；詞鏘金石，珍分玉皎冰清。感不遐遺，報何稱塞，輒附瓣香而致敬；自誚木桃，懸知廣廈之兼容。陳其明水所願。壯猷益懋，折箠而居延不獵天驕；弘績勤宣，勒燕然而洛城早瞻司馬。馳悰耿切，諸冀慈涵。

復閩按何太吴遣迎典試〔二〕

文昌披化國，聲歌借六代之觀；執法映星垣，步武慶三能之曜。下風無似，霽月欣陪。

〔一〕「符開鎮」，原文如此，似應作「授符開鎮」。

〔二〕據四六類編卷十一主考録文。何淳之，字仲雅，號太吴，南直江寧人，萬曆十四年進士。

夙騶轡以凌競，斗山之瞻近矣；枉虹光而玉吐，草莽之命辱焉。致旃固愜登龍，代斲尚虞類鶩。惟亡誼幸收于長者，或訓辭未棄乎顓蒙。桃李成蹊，朗鑑舊空冀北；絲羅攀木，德音竊竚司南。肅因蘧使言旋，聊布荒牋報謝。即遄樞侍，未罄翹依。

答周澄源中軍賀到任〔一〕

鵠印高懸，桑梓壯旌幢之色；龍韜坐鎮，海淮分鍾鼓之靈。幸甚借光，多情投玖。恭惟老親丈折衝偉抱，經武弘材。囊底智謀，自具胷中之方虎；家傳韔畧，不資紙上之孫吳。建牙屢効節于東南，移鎮兹持麾于淮楚。九河縣邈，中流屹銅虎之符；八陣縱横，千里護木牛之運。某署連蒼水，誼藉兼葭，望細柳嚴重之威稜，候未申于尺素；辱大樹從容之惠注，寵遄賁于雙魚。華袞殷諄，感虎頭之一顧；玄黄爛熳，荷羽檄以先施。敬拜使以颺言，肅布牋而鳴謝。暫留西舍，誠愧行人之詞；歸命中權，尚作將軍之客。臨楮感荷，嗣假樞承。

〔一〕據四六類編卷十二武職録文。

送張總戎端陽禮〔一〕

惟兹景入朱明，祥增赤芾，麾下擁旌海甸，輯瑞天中。羽扇綸巾，長鬣余皇觀競渡；賦詩横槊，樂游歌管咽當筵。辟兵何事靈符，靖遠久叨蓄艾。此日轅門解甲，連營組練醉蒲觴；從教海屋傳籌，祛服娉婷聯綵縷。某傾葵切切，汎棹遥遥，敢將凫鶿术酒之私，用申澗沚溪毛之敬。落梅花于五月，夢身陪伐鼓鳴笳；祝萛福于三台，知地近龍弢鶡印。

賀袁位宇中秋〔二〕

秋躔距半，桂魄澄空。湛湛清光，第以水天分尺五；潭潭憲府，懸知酒月對成三。恭

〔一〕據四六類編卷十四午節録文。

〔二〕據四六類編卷十四中秋録文。袁應泰，字大來，號位宇，陝西鳳翔人，萬曆二十三年進士。

惟翁臺，執矩參天，平衡勑法。陽和造物，未飛九月之寒霜；澄霽迎祥，且綴一年之清景。泚筆而風生樂府，啣杯而賞對璚花。銀漢斜濤，笙鼓擁黄樓天上；金風競爽，嘯歌來白雀人間。指西方修竹吾廬，回首秦川烟樹；照東海窮簷幾蔀，排空台曲靈明。樂與人同，慶隨時集，未企庾公之興，秖將野父之芹。邈矣九華，何處問流螢夕照；浩然萬里，有懷疑梁屋清標。伏冀茹涵，臨楮翹遡。

答高郵守王海若年兄[一]

河上翺翔，挹金蘭而味永；山居岑寂，續虹玉以煦温。拜命如親，循躬倍感。恭惟老年兄，清涵秋湛，惠溥春融。學海百川，小試壯行于片錦；雄州五馬，弘宣令譽于三鐺。沛然八面之鋒，藹若衆人之母。出其餘力，江淮抒策以平成；行且登庸，日月依光而補浴。某早歲幸叨驥附，比年更籍鴻猷。成象成爻，楷模日示人而不遠；亦趨亦步，鞭弭喜識馬

〔一〕據四六類編卷十五候答録文。王致中，字用和，號海若，雲南太和人，萬曆二十六年進士。

之與俱。頃襆被以言旋，悵音徽之遂隔。有懷寤寐，無路追隨。韻逈冰壺，念飲和之何日；光分龍劍，占射斗于當年。忽烹雙鯉之書，又荷十朋之貺。詞温玉瑩，意盎蘭芬。落月而炤屋梁，開緘慰甚；投瓊而贈芍藥，矢報赧然。敬勒荒牋，附將芹悃。致瓣香而用享，遥祝加餐；勒九鼎以爲期，已知遠馭。不盡耿曲，統冀鑒存。

李之藻集卷六　雜著

易經文[一]

易：天地解而雷雨作，雷雨作而百果草木皆甲拆，解之時大矣哉。象曰：雷雨作，解。君子以赦過宥罪。

觀解之傳，而知好生之主善承天也。蓋天子以好生爲德也。物且有解矣，而民可無赦宥乎哉？此天道也。嘗謂帝王之仁義，與天地之生殺同符。雖有肅殺，不廢陽和，天地之心也。雷雨簸揚，羣卉甲拆，天地之解也。時至而殺機轉爲生機，雖草木之無知，若帝天之有意。解時之所以爲大也。解行而天道通于人道，矧生民之有望，豈聖主之無情。

[一] 擬題。據萬曆二十六年會試録（上海圖書館藏明刻本）録文。按是科會試録，「中式舉人三百名」、「第六名，李之藻，浙江仁和縣人，監生，易」。

解象之所以可觀也。蓋時方在蹇，即善良無以自全。誰是民也，而能免于罪與過乎？時方在解，即羣生有以自樂。可是民也，而終棄於罪與過乎？故推寧出無入之恩，而陽與之以縱舍，陰與之以媿悔。懸議釋議輕之典，而先與之以昭雪，後與之以更新。過無心，湔洗爲宜，不忍錮之于聖世矣；罪無知，深誅可閔，毋寧失之于不經矣。時則環天地間，無不適于解者。而君子之心，庶亦有以自解乎？夫解亦何負于世主哉？雖然，有時而解者，有不時而解者。及時之解，月令載之矣。若乃主德無瑕而溢怒爲累，不崇朝而涣德音，猶以爲晚，寧俟時哉？卒世而怒，天意殆不爾，宜繹是占已。

同考試官都給事中劉批：格調蒼古，詞旨簡潔。〔一〕

同考試官編修湯批：以雄渾之詞發寬和之意，佳甚。

同考試官編修史批：練格獨出匠心，詞復蒼古。

同考試官編修陳批：神朗而氣充，語莊而格典。

同考試官贊善范批：精確不浮，居然大雅。

〔一〕考官批語原在易經文之前，出自劉爲輯、湯賓尹、史繼偕、陳懿典、范醇敬、曾朝節、沈一貫。

考試官侍讀學士曾批：修潔明確。

考試官大學士沈批：周緻。

聖人人倫之至〔一〕

論曰：聖人行爲世法，匪其法足法也，有法法者寓焉。法者，跡也。而法之所以法，則性也。第以法，則有同倫而異法，有同法而異用。前聖著爲法，後聖不必法焉；後聖自爲法，前聖未有法焉。烏法哉？惟是萬法彙於性，萬性盡于聖。聖人盡性固以盡倫，盡倫因以盡法。性立於倫先而法現於性竅，圜中規，方中矩，平中凖，曲中繩，而聖者任其自然若無意也。而亘古徹今亦遂增之不得，減之不得，外其藩而不得，揣控其色相，模擬其毫

〔一〕據周延儒選、賀逢聖注兩太史評選二三場程墨分類注解學府秘竇（中國科學院國家科學圖書館藏崇禎間周氏大業堂刻本，164a—170b）録文。原題下署「萬曆戊戌會試會魁李之藻墨」。文内原有學府秘竇編者所加雙行小字注解并天頭評語。「聖人人倫之至」，係萬曆二十六年戊戌科會試第二場論題，語出孟子離婁上。是科會試録（上海圖書館藏明刻本）未載本篇。

芒而又不得。於是聖人始稱人倫之至。

夫聖人亦人耳。人則不至，而聖則獨至，即其神靈宣喆，與人敻絶，要豈有天授異姿，鬼輪人運，照重瞳，具四乳，載九頭，手堪補天，首能觸柱，力任巨靈之擘，技堙洪水之波，如異説所稱也者而獨擅其至乎？聖率性而已。性即道，道即路也，夫人而可由也。由此路，至此路，所云至也，夫人而可至也。無嶮巇蕪塞，又無旁曲蹊徑。按轡乎康莊，結軌乎四通五達之衢，纔發軔而即至焉。而無奈人之必能至也，馭萬里之轅者至，裹足則不至；奮北山之愚者至，畫地則不至；期桑榆之收者至，中道棄則不至；駕司南之車者至，適越望冥則不至。至者幾人而不至者無算，不至者爲禽視、爲獸臭，而獨至者遂冠冕，當世照耀，萬古而號爲至人。抑孰知倫則人倫也，性則人性也，而至則自至之也。棘猴木鳶，命曰至巧；炙輪滑稽，命曰至辨；庖解郢斷，命曰至技。而人有通之者，倫也。而奈何有不至哉？蜂知君臣，雁知夫婦。羊跪乳以徵禮，烏反哺以示慈。柏感忠而南指，荊畏析而忽枯。若橋梓之尊卑，暨連柯之好合。無情有情，亦復如是。人也，而奈何倫則有不至哉？要以本性渾成，原無虧欠，日用不覺，迷謬滋多。世人豈盡窮奇、檮杌，侮蔑五倫，決裂五性。亦有克有祓，濯懋勉彝，叙羹墻、睹聖山、斗仰止者。然第法聖人以法而未窺其所以法，得其糟粕失其精髓，合其一斑，爽其全體。聖人如是，吾亦如是；聖人未必如是，吾又必欲如是。類刻舟以求劍，如赴表而得影，如膠舟而得溺。從策夸父之步，莫追章亥之踪，此亦何時而可至矣。

夫聖人者，皎然其萬古法也，而要非從性外别有法也。其倫：君臣、父子、夫婦、昆弟、朋友，其性：仁、義、禮、智、信。而性之著于倫，而示天下以法，則爲君明、臣良、父慈、子孝、夫貞、婦順、兄友、弟恭之屬，而要之契于性，不契于法。執樞于寰中之宇，而轉徙于四至之途；冥符乎元始之精，而儻蕩乎蘧廬之寄。率其自然，游其當然，可以擇一而處，可以合併而苞，可以獨信而行，可以易地而券，可以遵畫一而不變，可以挪千秋而特起。是故有所爲立四相，命九官，章服以庸，喜起以颺者；而又有爲殲九黎，僇九嬰，疏屬以桎，黄熊以殛者；有所爲調鼎鉉，濟舟楫，剖心效忠，幽囚靖節者；而又有爲放桐宫，攝孺子，投諸南巢，懸諸太白者；有所爲垂鴻緒，貽燕謀，分圭錫壤，建學齒胄者；而又有所爲棄塗山而弗子，烹邑考而無愠者；有所爲致底豫，勤幹蠱，象賢而嗣，問豎而退者；而又有所爲娶妻而不爲告，殺父而願爲之臣也。關雎、葛覃，以歌好逑。而皇、英二女，不嫌並后。出妻三世，不謂尠恩。鶺鴒、鴻雁，以友兄弟。而封象有痺，不避放棄之訾。誅管叔、蔡叔，寧顧手足之親。學尹疇、友東不訾，荆棘師乎尚父，以隆友生。而貳室之甥，或遂傳之曆數。陳範之賓，又或遠之朝鮮。千變萬化，不離于宗，聖人於倫，何若是委微纖至，廣大圓通也！

萬傑之謂聖，聰明狥齊之謂聖，君之億兆之上之謂聖。聖人之性由人也，聖人之盡性則異乎人矣。聖心通靈，察性極精，如日當空，四照不爽；聖心真懇，踐性最實，如水注地，萬泒咸流。倫自性出，性與倫洽，無意於倫，無在非倫。前茅不必符後，企踵不必從先。當局者不知其至而至，旁睨者莫知其胡爲而至。索之乎法以外，而規圓矩方不爽鍼末；索之乎法以内，而大小方圓不拘尺矱。政如斗指列宿，月映萬川，不可以才謂至，不可以意見至，不可以模倣至，不可以偶合至。世有契於性者，愚夫愚婦合之即是，不契于性而支離影響，則亦終於不至焉耳已。

嗚呼，河陽之君臣，小弁之父子，綠衣之夫婦，角弓之兄弟，伐木之友生，倫之斁也。直躬之證父，鬻拳之劫君，倉梧丙〔一〕之讓兄，鄭伯之克段，尾生之抱柱，倫之賊也。即有貞臣孝子，淑媛良友，感憤意氣之間，激昂死生之際，或鴟沉而不悔，或雉經而無怨，或磨笄

〔一〕「倉梧丙」，原作「倉梧内」。

以明志，或捧筐而刎首。豈不亦重於泰山，昭於日月。而死事未必濟事，甚則身受美名，而君父無所逃不美之名。此於一身得，而于聖人經權伸縮、翕張變化之妙，渺乎懸矣。則聖人率性而此無當於性。聖人所謂至，乃人人可至之謂。而此則偏至而已。矯易去偏，未必能相爲也。聖人往矣，誰其繼者。道統治統，合於一身。貞教範性，通乎天下。俾湘纍無泣，黄臺寢謡。小星貫魚之序昭，而斗米尺布之吟絶。人倫明於上，而海内喁喁向風，其在惇典庸禮者乎！其在惇典庸禮者乎！

沈義倫〔一〕

當宋之始造，振旅西征，而王全斌實推轂仗鉞，往董其師。以天之道，廟算之靈，諸將

〔一〕據鄭賢輯古今人物論（四庫禁燬書叢刊史部第二十七册影印萬曆三十六年余彭德刻本）卷二十七（166—18a）録文。原題作「沈義倫爲樞密副使李之藻明」。按方豪李之藻研究（台灣商務印書館，一九六六，頁六〇）李之藻著述考議論之部列有：「沈義倫論　袁紹隨輯，光緒二十八年石印本精選廿四史政治新編卷二十一。」即本篇。

之效力，而士豫附，遂泝[一]巴江，排劍閣，破竹席卷，以無虞於蜀道難。而孟昶小豎，面縛乞降。百姓方幸疏逖不阏阻深，昒昧得耀於光明。而全斌不能奉宣德意，嘉與之更始，以袵席瘡痍，對西人之望，廼猶泄泄然效五代驕將故事，煩刑黷貨，淫縱以逞。使反側之民，囂然喪其樂生之心，遂以泮涣而全蜀板蕩。雖幸而夷之，而天吏逸德，猛於烈火滥矣。一時受賑奏凱，諸將功雖茂，而罪掩之。唯義倫獨清慎自飭，蕭然一介行李，圖書數卷，不效諸將，争走金帛之府，以費官家車牛，還爲脂污。此其於西征將士，所謂鐵中錚錚者乎？且也帝廉其勤慎，錫之顯賞，猶以諸將得罪，故不欲偃然自表異，以爲行列羞。因是以厚結主知，特荷簡眷。嗣有曹國華之薦，乃以樞密副使授特拜之命。

夫義倫之當西征時，在全斌麾下，一偏裨任耳。非有奇謀深策，出神入鬼，可以折衝千里，又非有鼓勇先登，斬將搴旗，攻城野戰之功。論功行賞，固宜爲諸將殿，而第以清慎一節，擢副中樞。是將使受金之陳平不得效六出之奇，而尾生、孝己無益勝敗數者，袖手

〔一〕「泝」，原作「沂」。

晝諾。於軍事倥傯之日，抑何舛也！

嗚呼！帝之用意微矣。帝積苦兵間，目擊五代諸將頑鈍不靈，嗜利無耻，小者朘[一]削士伍，蕩掠民黎，大者市國賣降，暮仇朝君。當時若樊、何輩，固不可勝誅。而石守信諸藩，陳橋推戴，所謂非公等不及此者，雖陽德之，已陰薄之矣。蓋觀於盃酒釋兵數語，而見帝之厭薄諸將深也，豈非以其嗜利亡耻也哉！彼恐其握兵宿衛，以國爲市。故其使釋兵也，縷縷教以市便好田宅、多買歌兒舞女爲言，以羶悦其心，而默消其希覬大利之意。蓋帝陽施陰設，利人之有，恐人之效之也。既以受諸將推戴，藉其功力，恐其貪利無已，又轉而它屬以爲市也。故黷貨之全斌，平蜀之功不録，而罪及焉不少假借。義倫即碌碌無功，能直以圖書數卷，恬於貨利，得推擇爲樞副。此帝風示諸將之微意也。斯意也，國華見之矣，故論諸將，獨以義倫稱首。而他日平江南，不拜使相，而曰「好官不過多得錢」。蓋以是見其爲欲易足，而恬於利也。雖然，帝之靳賞於彬也，有市心焉。而彬先見之，彬亦善量主也哉。

〔一〕「朘」，原作「唆」。

張秋地平日晷銘〔一〕

天渾地沖，帝德埏埴。赤紘中劃，光道錯織。磨儀密移，縣象罔忒。宵晝永短，相彼辰極。南北高下，里移度革。海表儋崖，十五極側。六十二度，地距鐵勒。神京仰晛，出地四十。三十五半，張秋所得。極偃赤卬，極高赤逼。寸絜銖分，晷固殊則。東西共緯，同算交食。皇輿萬里，覆矩足測。重差句股，大較可得。神明會通，洞極玄穆。爰考地平，以造景式。建髀協度，斮石縷泐。面午負子，水準槷植。二寸四分，表體變適。貫地中天，齘景剔墨。髀弦斜倚，兩極攸植。遥矩迴射，春秋分絾。厥絾應紘，餘乃漸曲。二十四氣，同宮異洫。七衡六間，倍合歲德。升沈之景，微剖辰刻。衡若弓張，縱則矢直。縱辰衡氣，散互九罭。繩繩井井，未分厥域。孰倪進退，孰辨啓昃。微乎表鋭，視厥影色。

〔一〕據黃承玄創輯、林芃重修、馬之驦補編、陸叢桂鑒定（康熙）張秋志（中國科學院國家科學圖書館藏康熙刻本）卷十二藝文志四録文。原署「明張秋工部郎中李之藻字振之仁和人」。萬曆三十二至三十三年，李之藻以工部都水司郎中分司北河，駐張秋。

差或毫釐，謬以千億。必謹護持，勿俾蠧蝕。昔用土圭，得午瞬息。靡如玆憲，四序咸秩。司南可指，歷候廼識。匪窮玄誕，敬時是飭。河臣師禹，寸陰務嗇。因地承天，荒度孔亟。無或悠悠，以忝帝力。銘此貞珉，敢告有職。

榷司户部尚書郎王公去思碑記〔一〕

武林當南北孔道，民仰機利，絲絮文織，足以衣賁天下，百貨所産，高檣快舸，化遷如錯。國家倣古設榷，領以南部望郎，大旨在筭商佐費，兼亦寓意抑末，且不欲增賦田畮爲農人病也。顧利孔所輳，奸宄倚窟其中。毋論弛之叢蠶，即菹以察淵，束濕無益，且藉口竊蠧，神爲圃池以誘之，關使者一耳目固無如彼何也。以是其孔穴百出，而正額反不可充，行旅騷然，謗讟溢於市，蓋比比而是云。

〔一〕據王宮臻續修（崇禎）北新關志（南京圖書館藏崇禎九年刻本）卷十六録文，原題下署「李之藻」。參校方豪李我存研究（據北新關志鈔本録文）。王建忠，字恕先，四川南充人，舉人，天啓七年至崇禎元年以户部員外郎分司北新關（參見崇禎北新關志卷十二宦蹟）。

丹隴王公以超曠軼塵之韻，清恬不滓之操，來重是役。大司農特所推轂，以序以望，兩不得辭，逡巡卻步而受事焉。爾乃處濃以澹，澹固其天性也。甫下車則慨然曰：「先王變古立法，務本者恒科，占末者增税。今關津之課，歲進有程，然而乾没，竟無紀極，毋寧使人謂我漁匹夫之羨，借抑貪以行貪，不治市而自爲市乎？」夫亦曰：「我無爲而人自化，我好静而人自正。與其馭以術也，無寧以道治其本，不務矯矯，一切以擾其末。」期年以來門如市，心如求〔一〕也。未嘗罰一鍰，亦未嘗搜一艦，輸輓輅負，帖帖然若無事督課。若官而胥吏輿臺，曩所睢睢狼狽，鵰□〔二〕百計而不厭者，兹且凛凛三尺，縮手裹〔三〕足，無敢有扞行於〔四〕而恫疑虚喝，欣一金半縷以爲厲者。輸納平而逋負清，科派絶而騷擾息，則表端而影自直，源潔而流自澄也。諸所興鳌出納，載公所自刻關政中，繩繩井井，足以補前政，垂後法。公豈獨潔己愛民，通商裕國，卓然爲一時司榷之最也乎哉！

〔一〕「心如求也」，「求」，方豪改作「水」。
〔二〕「鵰□」，底本原空一字。方豪補作「悍」。
〔三〕「裹」，原作「裏」，據文意改。
〔四〕「無敢有扞行於」，方豪謂「此處當有闕文」。

既及瓜得代而去，鄉三老、廛市百賈，感公遺愛，扳轅弗獲，謀□〔一〕以祠而碑之，屬辭於不佞。不佞蓋嘗挹公之芝宇矣，温乎其如玉也，湛乎其若淵也，穆如肅如，不言而飲人以和。其明察足以禦姦豪而不露稜角，其寬大用以卹疲瘵而不府蝨蝨。屬時多囏，商賈多失其業，而百需日增，度遼溢額之餉，猝不易減。蒿目而爲之爬梳，爲之拊綏，留有餘不盡之財，以廣朝廷之德意。非公才堪大受，智足匡時，應八面而不窮，處多脂而不潤，其孰能與於此？良由恬澹根於天性，清白本自家傳，素所漸磨培植使然耳。大司徒上公最政，行且得殊擢。即計俸拾級而進，亦當受大郡，專制方面，貽大投囏，庸詎一緡錢筴〔二〕算之任。率斯道也，欲與聚惡〔三〕勿施，商頌於塗，氓歌於野。公專行其志，而肘無所旁掣，民共見德化，而樂樂利利，鼓盪於春生夏長之中。哀哉我東，亦將叩九閽而爲借恂一歲計。公亦無鄙夷我浙，而馬首之弗東，則并州故鄉之想，公亦或者惠我之不忘也乎！夫峨眉

〔一〕「謀□」，底本原空一字。方豪補作「立」。

〔二〕「筴」，原作「莢」。據文意改。

〔三〕「惡」，方豪改作「惠」。

玉壘，真人之紫氣，浮漢霄而不以攀躋，然□山□出雲[一]，膏澤之翔流，萬折而必東注。吾儕小人，夫是以日西望而不自已也。公名建忠，號丹隴，鄉進士，四川南充人。

題李節婦[二]

當年嬰杵門下客，能存趙孤趙不滅。已分結髮委從夫，爲夫存後共夫訣。夫亡有兒夫不亡，側出應是夫骨血。間關且撫雙孤雛，不將一死等蠓蠛。夫存清白甘糟糠，死後流離任冰雪。風欺雨薄世情非，化石啼鵑黯悲切。髮可斷，肢可截，丸有膽，書有荻，三十年來心是鐵。待得兒成拚食貧，衣冠不教虧苦節。慈母有義方，況乃貞以潔。培根亦何深，孫枝

〔一〕「□山□出雲」，底本原空二字。方豪補作「巫山之出雲」。

〔二〕據陳所學纂修（崇禎）隆平縣志卷九（中國國家圖書館藏崇禎刻本）録文。原題下署「李之藻會魁杭人」。李節婦，係趙炳之祖母，事見（乾隆）隆平縣志卷八人物志列女（33a）、卷十藝文志碑記（53a—56b）趙南星撰李節婦墓誌。趙炳，隆平人，萬曆十七年進士，二十八年任工部郎中，二十九年升河南僉事，三十年終養。（崇禎）隆平縣志卷九（17a—18b）收録楊起元、吴道南、胡瓚、李之藻四人題李節婦詩。按「仙郎又領中州臬」一句，該詩應作於萬曆二十九年，趙炳升授河南僉事之時，李之藻時任工部主事。

茂瓜瓞。高唐已駐逐夫雲，滹沱不斷清流咽。趙宗如錢行復昌，泉臺歸報心怡悦。君不見，除書昨夜下明光，仙郎又領中州臬。

上耶穌會總會長書（譯文）〔一〕

主内平安

東方弟子李涼庵頓首拜。泰西羅馬神父大人閣下。敬稟者，我主基督誕生之一千五百九十九年，余奉皇命，官京曹。得天佑，逢利瑪竇先生入都，相與從遊，獲聆真道。越十

〔一〕擬題。一六二六年五月三十日李之藻致耶穌會總會長信札一通。耶穌會羅馬檔案館（Archivum Romanum Societatis Iesu）藏葡萄牙文抄件（ARSI,Jap. - Sin.,161,II,f. 92r - v.）。收信人應爲 Mutio Vitelleschi（一五六三—一六四五），一六一五年當選第六任耶穌會總會長。該信推測爲李之藻授意，某位耶穌會士執筆。德禮賢曾摘録片斷（D'Elia, *Fonti Ricciane*, vol. II, 1949, p. 170）。杜鼎克認爲信中提及的贈書或即天學初函（Dudink,「The Rediscovery of a Seventeenth - Century Collection of Chinese Christian Texts: The Manuscript Tianxue jijie,」*Sino - Western Cultural Relations Journal* 15(1993), pp. 1 - 26. p. 7, note 15.）。感謝耶穌會羅馬檔案館 Brian Mac Cuarta 神父授權發表，金國平先生識讀，轉寫并翻譯全文。

載，余遘重疾，天主遣利先生調護賤軀，遂領洗焉。余蒙昧無所用心，經年德無寸進。泰西先生東來，效我主基督，慈悲爲懷，末學如余，未嘗離棄。時時啓吾智，振吾懦，脱吾於三惡敵之手。每念來世，緩步躑躅。辱承不棄，華翰先頒，諄諄以礪德行道相勖。會中先生獎借有加，賤名傳至泰西，不勝惶恐。弟子未效微勞，竟蒙諸先生投書上聞。大人明鑒萬里，德行崇高，余何敢望其萬一。

神聖福音，傳佈中華。信哉天主，必予眷顧。憶昔萬曆年間，今上皇祖治世，利先生晉京，生養死葬，得厚賜焉。前數歲，余居京師，諸先生離散外省。時封疆不靖，余上疏奏聞，乞詔現任副省會長陽馬諾及龍華民先生入都效力。二氏皆利先生故友。天主厚恩，吾願得滿。奉旨下部，部覆從之。兩先生應詔來京，迄今安居。會中先生陸續入都，希助域内同儕重獲朝廷恩典。衆皆云，天主萬能，感動帝王之心。雖然，諸先生梯航萬里，遠故鄉，居異國，迄今聖教猶未大行華土，思之黯然。吾等既奉天教，輕忽怠惰，有負厚望，得無罪耶？閣下大恩，余有愧焉。自知來日無多，死生有命，權在天主。自誓步武先賢，弘揚聖教，仰承天主之眷顧，期獲許諾之榮光。弟子伏處東方，遥望泰西，大人恩惠種種，感激之至。思略效微忱，愧無可報命。我會先生，聖人其類，業績如斯，敬祈賞鑑。謹具諸公大作刊本并弟子近歲小著數册奉敬。一六二六年五月三十日於杭州。教末涼庵頓首再拜。

附　上耶穌會總會長書(葡文)[①]

Ham Cheu 30 maio 1626
Doctor Leam

Pax xpi

Ly Leam humilde discipulo e seruo do Oriente com profundo respeito a Vossa Paternidade no grande Occidente em Roma.

Corria depois que Christo Nosso sõr nasceo da Virgem Maria, o anno de 1599, q̃ do por ocasião de officios em que sem meus merecimtos me occupou el Rey fui a Pequim, corte deste Reyno nesta por grde graça doce e ventura minha alcansey ver e tratar o Pe. Matehus Ricio, e ouui delle a verdadeira Ley do Trino e vno. Passarão-se 10 annos no fim delles, cayi em huã perigosa doença q̃ Nosso sõr me mandou pa me dar vida e saude nalma, recebi o sancto baptismo, mas minha frieza e descuido foi causa que sendo os annos tantos será a virtude mui pequena, os Pes que dessa Europa vem, imitam do (o)piadoso coração de Christo Nosso sõr, não me lançaram de si ainda que me virão tam desaproveitado discípulo, antes cada dia e cada hora despertauão minha tibieza, e esforçavão minha fraqueza procurando que eu saísse das mãos de meus tres crueis inimigos, e com as lembranças de outra vida fizerão que cõ temor emfreasse meus passos. V. P. agora pera me animar a responder a minha obrigação, me faz merce de me escrever, e ainda fazer participante dos ricos thesouros dos

① 擬題。據耶穌會羅馬檔案館藏葡萄牙文抄本（Jap.Sin.,161,II, f.92r–v 録文。原件書影見本書圖版。

merecimentos de seus sanctos religiosos merces a que as minhas forças e merecim[tos] desiguoaes. Não acho em mim por onde merecesse chegar meu nome a Europa, nẽ faço seruiço aos P[es] que merecesse escreuer se a V. P., mas tudo entendo sam traças de V. P. e suas pera cõ ellas me adiantarem na virtude. A pregação do sancto evangelho neste Reyno confio que o Ceo a tem tomado m[to] a sua conta, porque quando o P[e]. Matehus Ricio entrou na corte foi, Vanlie, avô do que agora reina, bem tratado com renda em vida e com honrada sepultura em morte. Os annos passados estando eu na Corte e os P[es] hauiam fora della, tomando occasião dos trabalhos em que o Reyno estaua, dey memorial ao Rey representandolhe quanto do seu seruiço seria se mandasse chamar os P[es] Manuel Dias, q̃ agora he vicep.[al] e o p[e] Nicolao Longobardo companheiros antigamente do P[e] Matehus Ricio. Deu Deos Nosso sõr bom despacho a nossos deseios, porque o Rey cometeu a consulta do negocio ao tribunal a quem tocaua, e sendo desta boa resposta, forão ambos os P[es] chamados a Corte onde agora estão e outros P[es] em paz fazendo cõ sua estada na Corte atendão em todo o Reyno os mays Padres merces que todos reconhecem serão da mão de todo poderoso que toca e moue os corações dos Reys. Contudo considerando os trabalhos que os P[es] passão assim em passar tão longos mares, como em passar a vida em Reynos estranhos, e por outra parte considerando que ainda a ley de Ds não he recebida em todo o Reyno não posso deixar de ter grande sentimento, e culpar a frieza e pecados dos que ia somos christãos que parece sam o impedimento, por isso me envergonho m[to] mais das merces que V. P. me faz. Meus dias parece q̃ ia não serão mt[os] as traças do ceo são grandes e podesse comfiar em Deos leuo adiante o que neste Reyno comessou, eu procurarei esforçarme e cooperar cõ as mereces que Ds me faz pera que alcanso a gloria que me promete. Posto no Oriente cõ os olhos no occidente bato cõ a cabeça em terra diante de V. P., e dou de todo coração as graças que deuo. Deseiei offerecer deste Reyno algum seruiço a V. P., mas nenhũ me pareceu V. P. estimaria mais que os trabalhos de seus sanctos filhos, e por esso mando a V. P. os livros que elles neste Reyno ate agora tem feito, com outros de cousas de nosso Reyno que eu fis os annos passados. De Ham Cheu 30 de Mayo de 1626.

De Vossa Paternidade

Seruo Leam

附録一　著譯序跋

題坤輿萬國全圖[一]【利瑪竇】

吾古昔以多見聞爲智，原有不辭萬里之遐，往訪賢人、觀名邦者。人壽幾何，必歷年久遠而後得廣覽備學，忽然老至而無遑用焉，豈不悲哉！所以貴有圖史，史記之，圖傳之。四方之士所覩見，古人載而後人觀，坐而可減愚增智焉。大哉，圖史之功乎！

敝國雖褊，而恒重信史，喜聞各方之風俗與其名勝，故非惟本國詳載，又有天下列國通誌，以至九重天、萬國全圖，無不備者。竇也跧伏海邦，竊慕中華大統萬里，聲教之盛，浮槎西來。壬午解纜東粤，粤[二]人士請圖所過諸國，以垂不朽。彼時竇未熟漢語，雖出所

〔一〕以下五篇，據利瑪竇授、李之藻訂坤輿萬國全圖（影印京都大學藏萬曆三十年刻本）録文。原皆無題。絶徼同文紀題作題萬國坤輿圖。

〔二〕「粤」，絶徼同文紀作「東粤」。

攜圖册與其積歲札記紬繹刻梓，然司賓所譯，奚免無謬。庚子至白下，蒙左海吴先生之教，再爲修訂。辛丑來京，諸大先生曾見是圖者，多不鄙棄羈旅，而辱厚待焉。

繕部我存李先生夙志輿地之學，自爲諸生，編輯有書，深賞兹圖，以爲地度之上應天躔乃萬世不可易之法，又且窮理極數，孜孜盡年不捨。歎〔一〕前刻之隘狹，未盡西來原圖什一，謀更恢廣之。余曰：「此迺數邦之幸，因先生得有聞于諸夏矣。敢不廑意，再加校閲。」乃取敝邑原圖及通誌諸書重爲攷定，訂其舊譯之謬與其度數之失，兼增國名數百，隨其楮幅之空，載厥國俗土産。雖未能大備，比舊亦稍贍云。但地形本圓球，今圖爲平面，其理難于一覽而悟，則又倣敝邑之法，再作半球圖者二焉。一載赤道以北，一載赤道以南，其二極則居二圈當中，以肖地之本形，便于互見。共成大屏六幅，以爲書齋臥遊之具。嗟嗟！不出户庭，歴觀萬國，此于聞見不無少補。

嘗聞天地一大書，惟君子能讀之，故道成焉。蓋知天地而可證主宰天地者之至善、至大、至一也。不學者，棄天者也。學不歸原天帝，終非學也。净絶惡萌，以期至善，即善

〔一〕「歎」，絶徼同文紀作「慊」。

也。姑緩小以急于大，減其繁多以歸于至一，于學也庶乎。竇不敏，譯此天地圖，非敢曰資聞見也，爲己者當自得焉，竊以此望于共戴天履地者。萬曆壬寅孟秋吉旦，歐邏巴人利瑪竇謹譔。

題坤輿萬國全圖【吴中明】

鄒子稱中國外如中國者九，裨海環之，其語似閎大不經。世傳崑崙山東南一支入中國，故水皆東流，而西北一支仍居其半，卒亦莫能明其境。夫地廣且大矣，然有形必有盡，而齊州之見，東南不踰海，西不踰崑崙，北不踰沙漠，於以窮天地之際，不亦難乎？囿於所見，或意之爲小；放浪於所不見，或意之爲大。意之類，皆妄也。利山人自歐邏巴入中國，著山海輿地全圖，薦紳多傳之。余訪其所爲圖，皆彼國中鏤有舊本。蓋其國人及拂郎機國人皆好遠遊，時經絶域，則相傳而誌之，積漸年久，稍得其形之大全。然如南極一帶，亦未有至者，要以三隅推之，理當如是。山人淡然無求，冥修敬天，朝夕自盟，以無妄念、無妄動、無妄言。至所著天與日、月、星遠大之數，雖未易了，然其説或自有據，并載之以

俟知者。歙人吴中明撰。〔一〕

題坤輿萬國全圖【楊景淳】

漆園氏曰：「六合之内，論而不議。」子思子亦曰：「及其至，聖人有所不知。」夫唯不知，是以不議。然未嘗不論，亦未嘗不知也。章亥之步地，所從來矣。禹貢之書，歷乎九州；職方之載，罄乎四海。班氏因之而作地理志，政治風習，靡所不具。此其大章明較著者。而質之六合，蓋且挂一而漏萬，孰有囊括苞舉六合如西泰子者？詳其圖説，蓋上應極星，下窮地紀，仰觀俯察，幾乎至矣。即令大撓而在，當或採摭之。其彷彿章步、羽翼禹經、開拓班志之蒐羅者，功詎眇小乎哉？而凡涉之乎輶軒，識之乎心目，亦且窮年。夫豈耳食臆決、管窺蠡測者可同日語？而其中有未盡釋者，儻亦論而不議之意乎？第西泰

〔一〕萬曆二十六年，吴中明重刻山海輿地全圖并作跋語。吴跋後附刻入坤輿萬國全圖。清人劉凝輯天學集解［俄羅斯國家圖書館（聖彼得堡）藏清抄本］收録吴中明此跋，文末署「時大明萬曆戊戌年徽州歙縣人左海吴中明。」

子難矣，而知西泰子亦不易。語云：「千載而下有知己者出，猶爲旦暮遇。」元之耶律、浙之青田，其一證矣。兹振之氏與西泰子聯千載於旦暮，非大奇遘耶？此圖一出，而範圍者藉以宏其規摹，博雅者緣以廣其玄矚，超然遠覽者亦信太倉稊米、馬體豪末之非竅語，寧獨與譚天蝸角之論、倘怳[一]悠謬之見並眎之也！不佞淳，與振之氏爲同舍郎，稱莫逆，而與西泰子傾蓋如故者。兹刻也，蓋同心云。蜀東楊景淳識。

題坤輿萬國全圖【陳民志】

西泰子之有是役也，夫寧是浮舟棊局，脛之所不走而以臥遊？蓋裴秀六體，蟹匡爾；計然五土，蟬緌爾；亥之步而章之搜，至涯而反爾。方之此圖，窮青冥，極黄壚，四游九瀛之所，未嘗而纍纍焉，臚而指諸掌。彼惡溪、沸海、陷河、懸度，直以甕牖語人。而叱夜郎爲大于漢，此亦胥象之侈事，柱黿之曠則矣。夫西泰子經行十萬里，越廿禩而届吾土，入

[一]「倘怳」，當作「惝怳」。

長安，李繕部旦暮而遇之，遇亦奇矣哉。沘陽陳民志跋。

題坤輿萬國全圖【祁光宗】

昔人謂通天地人曰儒。夫通何容易！第令掇拾舊吻，未能抉千古之秘，何必非管窺也，于天地奚裨焉？西泰子流覽諸國，經歷數十年，據所聞見，參以獨解，往往言前人所未言。至以地度應天躔，以讀天地之書爲爲己之學，幾于道矣。余友李振之甫愛而傳之，乃復畫爲圖説，梓之屏障，坐令天地之大，歷歷在眉睫間。非胷中具有是圖，烏能爲此？儻所謂通天地人者耶？余未爲聞道，獨于有道之言嗜如饑渴，故不覺津津道之如此。如以余之叙兹圖也，而併以余爲知言，則余愧矣。東郡祁光宗題。

渾蓋通憲圖説序〔一〕【車大任】

余受尚書帝典開卷第一義，堯先曆象日星，舜先璿璣玉衡，二帝以曆數相傳，命官制

〔一〕據李之藻演渾蓋通憲圖説（清華大學圖書館藏萬曆三十五年刻本）録文。

器，不啻詳矣。蓋言數而理在也，理形而上，托諸有形之器數，必推步考驗，毫釐不差，而後可施諸實用。故二典繼之曰授人時，曰齊七政，而天功時亮，庶績咸熙，悉基諸此。自唐虞三代而下，器非不備，制漸不古。宋儒朱子言今時曆法比堯差四分之一，而程子亦言邵堯夫立差法冠絶古今，良工心獨苦矣。何以故？器數，迹也，豈所以迹者哉？推而驗之，有司存焉。彼雖設架於崇臺，運機於密室，而低昂任手，遲速繇心者，不盡無也。百姓既日用不知，士大夫多高談性命，儻問以羲和遺制，率冥漠眎之，曰曆理吾能知焉，器數何若是拘拘也。嗟乎！此詎可令程朱見也。

漢武帝最稱近古，曾詔求民間治曆者二十餘人，而唐都、洛下閎應之。厥後曆法經七十改，制法經數十家，反有遜于元人爲稍精也。亦繇郭守敬諸臣制造儀象圭表，爲器甚繁，復遣監候官十四人，分道測驗，徧參曆數，酌成新曆，猶彼善于此耳。我高皇帝纂紹曆數，欽天敬人，曆監初名太史令，屬劉文成公董其事，蓋其重也。近世星官家制度僅存，或有上言法當釐正者，此未盡其輪功，彼益堅其墨守。嗟乎，欽若敬授之謂，何法安得無差矣，又何望其會通理數而俯仰觀察也。

武林李君振之，慧業玄思，多聞彊識，遇異人授以平儀，淵然有會，爰譜諸圖而兼以數法，載衍諸説而附之各圖，令人人覽之，胸中具一法象。蓋人皆以渾儀測天，李君謂以蓋作渾渾始備；人皆知天圓地方，李君謂地形亦圓而德方。昔人所謂通天地人爲儒者，非其通以此耶？雖洛下閎諸人方斯蔑如矣。栝郡守鄭輅思君讀其書，喜其多出于近世之所未講而可以追古昔帝王之制也，相與訂而傳之。總之學究天人，制裨實用者。余是以爲之序焉。

萬曆丁未中秋日，賜進士出身，大中大夫，浙江等處承宣布政使司右參政，前按察司副使，奉勅整飭嘉湖兵備，南京禮部精膳司郎中，知福州嘉興二府，楚人車大任子仁父撰。〔一〕

渾蓋通憲圖説序〔二〕

【鄭懷魁】

始李工部振之試閩癸卯士，以曆、志發策，士言人人殊。比振之爲説天經緯以地經緯合之，士無不人人誦服者。時已撤棘，予造訪振之，胸中豈有成曆耶。既示予測晷器，畧如漢

〔一〕文末刻陰文方印「子仁/父」、陽文方印「春/涵」。

〔二〕據李之藻演渾蓋通憲圖説（清華大學圖書館藏萬曆三十五年刻本）録文。鄭懷魁序爲手書上板。

銅鑑，上刻辰度燦然。是日爲季秋月朔，於閩省測得日躔某宿某度，至今可覆説也。

蓋本西方儀象，晝考景、夜驗星，率視地去極近遠爲候。利氏來賓之歲，其法遂東。振之譯爲斯制，實原西曆，以中曆程酌之，有書焉，圖與説甚具。是以爲渾天耶，則黄道南至而外，已截去不用；以爲蓋天耶，則赤道之陽尚盡二十三度半而止。廼渾遜於全體，蓋多於半周。彼天，圓物也，而平測之，究其用，則靈憲通焉。斯振之所爲志哉。至其規畫推移，位置疎密，式自爲篇，咸極微眇。嘗以爲法象之大，著明變通而約之成器者，宜莫精乎此。周髀、宣夜無以驗其術，虞敦、商彝不足爲其寶矣。

丁未，振之攜是書東遊栝，予爲屬樊尹致虚梓行世。車參知公援證經史，序其所以，猶夫成振之之志也云爾。然聞振之過北地邢士登先生，與語中曆，夜深意會。歸述其書，湖上求氣至，表長短有度，交食古今皆有攷，五緯贏縮急舒有常，而秘之弗論何也。予然後知學之無足而睹子之難窮矣。書也者，言也。圖也者，象也。其可盡乎？俟其舂容焉，問以竟之。萬曆丁未八月既望，漳南鄭懷魁輅思甫書於栝雙芝亭。〔一〕豫章後學余槩書。〔二〕

〔一〕文末刻陽文方印「鄭/懷/魁」、陰文方印「栝州/太守章」。
〔二〕文末刻陰文方印「余/槩」、「節侯/父」。

鍥渾蓋通憲圖説跋〔一〕

【樊良樞】

在昔顓頊，乃命南北重黎；稽古帝堯，爰咨羲和仲叔。維司空熙載，尚求平土之官；若師尹具瞻，寧忘省日之政。越有君子振之先生，踔躪三才，漁獵二有。長庚叶彩，豎赤幟於詞壇；太乙揚輝，下青藜於秘閣。吞三爻而受命，道契羲圖；按九章而測維，算窮亥步。玉尺徵其神解，錞于辨以靈心。既索隱於西人，亦探奇於北地。司分司至，學在四夷之官；渾天蓋天，傳自中郎之帳。排閶闔而上，卿雲旦浮；遊河渚以來，流星夜朗。觀文察變，象賁趾於丘園；正日協時，喜寅賓於暘谷。于是真人東度，令康署里以高陽；仙氣西來，尹喜受經於柱下。土圭之瀍，測日景以求中；水地以縣，考辰樞而正夕。平軌衍經緯之術，圜儀具句股之形。驗黄道於重乾，旋規拱極；準玉衡於七曜，立則扶陽。爰制會通，遂開靈憲。圖以無象之象，數本畫前；説有不言之言，筌忘繫表。雖裨竈、梓愼，莫喻其神；若甘德、石申，罕

〔一〕據李之藻演渾蓋通憲圖説（清華大學圖書館藏萬曆三十五年刻本）録文。樊良樞跋爲手書上板。

窮其奥矣。刊諸貞石，用表少微之墟；傳之大都，豈藏名山之笈。庶官靖共爾位，克撫五辰；昭代敬授人時，行申四命。鄭康成之擅禮樂，大道知其東行；李孟節之占風星，中使於焉内召。玉者猶玉，告厥成於復圭；玄之又玄，貴此道於拱璧。莫贊談天之頌，聊同測海之觀。萬曆彊圉協洽之歲日躔在軫，豫章樊良樞致虚甫譔并書。〔一〕

刻同文算指序〔二〕 【徐光啓】

數之原，其與生人俱來乎？始於一，終於十，十指象之，屈而計諸，不可勝用也。五方萬國，風習千變，至于算數，無弗同者，十指之賅存，無弗同耳。我中夏自黄帝命隸首作算，以佐容成，至周大備。周公用之，列於學官以取士，賓興賢能，而官使之。孔門弟子身通六藝者，謂之升堂入室。使數學可廢，則周孔之教踳矣。而或謂載籍燔於嬴氏，三代之學多不傳，則馬、鄭諸儒先相授何物？唐六典所列十經，博士弟子五年而學成者，又何書

〔一〕文末刻陽文方印「良/樞」、「致/虚」。

〔二〕據利瑪竇授、李之藻演同文算指（中國國家圖書館藏天學初函本）録文。

也？由是言之，算數之學，特廢於近世數百年間爾。廢之緣有二：其一爲名理之儒土苴天下之實事；其一爲妖妄之術謬言數有神理，能知來藏往，靡所不效。卒於神者無一效，而實者亡一存。往昔聖人所以制世利用之大法，曾不能得之士大夫間，而術業、政事盡遜於古初遠矣。

余友李水部振之，卓犖通人，生平相與慨歎此事，行求當世算術之書，大都古初之文十一，近代俗傳之言十八，其儒先所述作而不倍于古初者，亦復十一而已。俗傳者，余嘗戲目爲閉關之術，多謬妄弗論；即所謂古初之文與其弗倍於古初者，亦僅僅具有其法，而不能言其立法之意。益復遠想唐學十經，必有原始通極微渺之義，若止如今世所傳，則浹月可盡，何事乃須五年也？既又相與從西國利先生游，論道之隙，時時及於理數。其言道言理，既皆返本蹠實，絶去一切虚玄幻妄之説；而象數之學，亦皆溯源承流，根附業著，上窮九天，旁該萬事，在於西國膠庠之中，亦數年而學成者也。

吾輩既不及覩唐之十經，觀利公與同事諸先生所言曆法諸事，即其數學精妙，比于漢唐之世，十百倍之，因而造席請益。惜余與振之出入相左。振之兩度居燕，譯得其算術如干卷。既脱稿，余始間請而共讀之，共講之。大率與舊術同者，舊所弗及也；與舊術異者，則舊所未之有也。旋取舊術而共讀之，共講之。大率與西術合者，靡弗與理合也；與西術謬者，靡弗與理謬也。振之因取舊術，斟酌去取，用所譯西術駢附梓之，題曰同文算指。斯可謂網羅藝業之美，開廓著述之途，雖失十經，如棄敝屩矣。

算術者，工人之斧斤尋尺，曆律兩家，旁及萬事者，其所造宫室器用也，此事不能了徹，諸事未可易論。頃者交食議起，天官家精識者，欲依洪武故事，從西國諸先生備譯所傳曆法，仍用京朝官屬筆，如吴太史。而宗伯以振之請。余不敏，備員焉。值余有狗馬之疾，請急還南。而振之方服除赴闕。儻一日者復如庚戌之事，便當竣此大業，以啓方來，則是書其斧斤尋尺哉！若乃山林畎畝，有小人之事，余亦得挾此往也，握算言縱横矣。

萬曆甲寅春月，友弟吴淞徐光啓撰。

同文算指通編序〔一〕【楊廷筠】

自龜馬呈祥，圖書闡秘，羲軒聖人，則而象之，而容成、隸首推演其法，數學於是焉肇。

〔一〕據利瑪竇授、李之藻演同文算指（中國國家圖書館藏天學初函本）録文。

世所傳上中下三等法，即未必盡出黄帝，要之自然相生，開天立教，非聖人不能作也。然古者列于六藝，上有教，下有習。孔門七十二賢兼通其事，而學者猶云藝成而下。何至如今不通一事，舉數學且失傳哉？蓋自秦火爲虐，古先象數圖書煨燼殆盡。竊意裨海之外，垓埏之遠，必有秦炬所不及，異書異術，可以同文互證。而數年來乃得西國數學，種種成書，皆生平未見，一大奇也。

往予晤西泰利公京邸，與譚名理累日，頗稱金蘭，獨至幾何圜弦諸論便不能解。公歎曰：「自吾抵上國，所見聰明了達，惟李振之、徐子先二先生耳。」未幾，余有事巡方，卒卒未再叩，而公已即世。求之方册，徐太史爲譯幾何，李水部爲推算指，而余乃獲因利公未泯之緒，以尋古數學于不墜。或曰：世術乘除非數歟？曰：此寠藪也。用之離合變化而其法窮，積渺忽遞至正載而又窮，因顯測微，因可見測不可見而又窮。假令數術止是，三尺之子，頃刻可以擅能，何以通之聖門，遂稱賢哲，而昔人攻治其業，至五年而始成哉？此其指可識矣。夫天地名物，無非此數。律度量衡，準繩規矩，數所紀也。故曰：「極其數，遂定天下之象。」然數有體有用，恢之乎不可窮，約之于無何有，皆體也；參伍錯綜，萬變莫測，則其用也。算指所言，大抵皆用之之法，標準于損益乘除，極變于開方句股，援新而傳諸舊，合異而歸諸同。棼緒難領，則立多端以析之；義意難明，復設假例以通之。而數之藴，於是始顯，變始盡。其用心良已勤，牖世良亦切矣。易曰：「制而用之，謂之法。」又曰：「利用出入，民咸用之，謂之神。」法而不適於用，與用而不利，於用皆不足以盡神。是編所傳，匪籌匪觚，惟馮三寸，不聿盡乎。天地名物，律度量衡，準繩規矩，離合變化，因所見，測所不見之用，而無或差忒，此所謂神也。

振之夙稟靈心，兼容武庫，而復孜孜問學，意有所向，輒屏營一氣，極慮研精，以求至當。是故獨至之解，每不可及，用志不分之效也。兹服闕入長安，屬禮官上書訪海内專門之業。儻造膝而求，所謂同文之指，幸出之枕中，公諸史館，異日爲蘭臺石室之藏，彰我國朝同文之盛，即謂十經、九執，雖亡不亡可也。謹叙簡端，并質之太史公。鄭圃居士楊廷筠撰。〔一〕

〔一〕文末刻陽文方印「楊廷/筠印」、「壬辰/進士」。

頖宫禮樂疏序〔一〕

【董漢儒】

六經之道同歸，禮樂之用爲急，蓋斯須不容去身，而猥云積德百年後興也，則今國家重熙累洽已二百五十年所矣。庠序之設，禮樂文章所自始，然而士習帖括資進取，弦誦詘焉。即樂德樂語，教遜成周之備，乃春秋祀典，樂舞曷嘗不載在令甲，頒布天下府學，令州縣倣式修舉乎？此亦古禮古樂之餼羊而未盡遵行，士終身佔畢有不知燔瘞綴兆爲何物者，則亦有司之咎也。

吾澶庠舊無樂舞，有之自仁和李侯始。吾畿南六郡之屬舊不盡具樂舞，其有之自督撫王公檄支郡下邑倣李侯澶樂之制始。侯中和其德而學道愛人，楷模前喆，其以都水名郎來守吾澶也，不以遷謫傲吏事，下車而百廢具興。其大者爲寬徭役、補庫藏、卹俵馬、完積逋，所清豁賠糧額田萬餘畮，修久圮城郭，屹然畿南保障。緩刑尚德，諸皆殫力區畫，一鍰之入，悉佐百姓。而又以餘力興繕學校，勤課諸生，與學博張君舜典輩修俎豆之觀、訂

〔一〕以下四篇，據李之藻頖宫禮樂疏（上海圖書館藏萬曆刻本）録文。董漢儒序爲手書上板。

賢儒之位、具金石之樂、兼聲容之美。紘黍校律，比竹審音，禮陶樂淑，庶幾見三代之遺焉。而是歲仲秋丁祭，數百里内，士子膏車僦舍來澶，相與觀聽於橋門之外，嘆息得未曾有。浸假而弦誦徧乎畿輔，侯以一郡守，涖僅期月致之，蓋賢者之有益於人國也如是。而尤習河事，嘗計自澶濬舊渠達張秋，即澶滑間永無水患，而百貨之灌輸便。嗟乎！令侯策得行，比年阻饑，澶可無道殣相望。而惜乎其旋以薦召，不果行也。已再奉使治水，江淮壁焉。餘閒晉諸生講肄古學，宫墻輪奂，風雅聿新。爾乃寄慨淪湮，探賾羣籍，究極道器，考論異同，靈心妙解，旁徵獨契，作頖宫禮樂疏十卷。大抵發明祀典，而飲射附焉。

吾澶王生嗣虞，以高足得分校讐，問序於余。余憶遊楚中時，觀瞿聘君禮樂志而心儀之也，顧亦獨自成家，致用或窒。侯持議一遵功令，而以古義傅之，令士子由今學古，漸漬弦歌之化，不惟博洽多聞，抑且切實有用。蓋其於禮樂也，精研之，躬試之，又明述之，夫非腹笥説鈐爲博而已也。融性情，廣德業，興教育，材翳是焉賴於稽聖學。吾夫子之自道亦曰：俎豆之事，嘗聞之而已矣。以此知願學非迂。而是編之作，用以鼓吹六經，羽翼聖化，庠序之教固其所必資者也。

侯既精究禮樂，又數以訂曆薦，兩治河南北底績。夫天官、禮樂、河渠，太史公十書之四，皆宇宙大學問也，而侯兼之。人才實難，廟堂吐握將曷爲？究侯之用，俾出平水土，入奠璣衡，進而雍容禮樂，佐聖朝久道化成之盛，其裨補不既多乎？即斗大澶淵不得私有吾侯，謂去後之思天下爲公焉可也。侯名之藻，字振之，戊戌進士。萬曆戊午季春之吉，賜進士出身、通奉大夫、奉勅提督軍務巡撫湖廣等處地方都察院副都御史、今予告，澶淵董漢儒書。〔一〕

頖宫禮樂疏序

【王納諫】

誨人以畊者秸稭而報，誨人以織者玄纁而報，則化人以禮樂者可無禮樂而報歟？古者祭必爲尸，而釋奠釋菜於禮已簡。後概不爲尸，而先師上丁之舉，煌煌乎立隆也已。然考禮，先聖之稱，若羲、農而下，各於其鄉。而所謂先師者，則若詩有毛、鄭，顓門之師耳。至唐而以孔子爲先聖，顏子爲先師，猶二之也。至我明嘉靖間，始去封號，崇以至聖先師，

〔一〕文末刻陰文方印「董印/漢儒」、陽文方印「大中/丞章」。

而師益尊。夫先農、先蠶皆推其無以復加者，而師異乎哉？其於名也，變而正矣。周禮祭樂祖於成均，而以樂德教國子中和祇庸孝友，則祭樂爲大。而先聖之門亦無故不去琴瑟。曾記長老言，楚黄耿公督學吾土，以頖宫之樂不典，試童子端謹者充樂舞生，初意良美。乃諸童子特借途廁青衿，取捷棄實，值大合樂，遂不能别識琴徽瑟柱，一切疎拙，露見爲咲。後竟廢樂舞生，以羽流供事，不承權輿，維用吁嗟。且夫握劍戟則猛氣發顔，理絲竹則清意盈襟，此亦人情，因而設教耳。釋奠之具禮樂，譬禡牙之建旗鼓，胡可廢也？

今水部仁和李公敦古博聞，自渾蓋、鐘律、器數無所不闚，迓續絶學。頃泣事秦郵，爲頖宫具軒縣之器。自庀良材，被以雅音，勤勤幽討，光啓曠逸。邇又獲睹其所著頖宫禮樂一書，大指謂先聖之祀，宜有專志，出其犧象，静其巾羃，炳蕭膴胖，罔敢不共。而嗣諸禮則譜樂爲詳，樂則絲竹爲詳，以應古不去琴瑟之義。淵哉一揆，蓋伯牙適海而聞洞滑崩折之聲也，廼悟其師指，曰此移我情。淳源遂往，人莫不湛於熙攘，而忤于和理。聖人以爲諍之以言，不若移之以情，以無累之神合有道之器，將有達者從是而益遠矣，此助流聖教非淺也。

公又嘗爲余言：樂律中聲自然而具。只如登歌，以歌者老少驗之，已高則老人弗赴，已下則少者佛滯，若高下齊，即不擇老少，皆可使歌。宋人正樂，遺音而求理，故訖無成功。余惟斯言，尤有當於所謂細抑大陵不容於耳之論。方今積德倍百年，不可謂非其時，寧謙讓未遑，或者待其人乎云爾。希曠之學，自昔珍之神之，由頖宮而達之天下，不亦光乎？則舍公誰屬哉！養人爲本，固切而不迂，矧國家於學宮之制，業已正名號、易木主、釐黜從祀矣，則次第及禮樂不疑也。江都王納諫謹序。〔一〕

刻頖宮禮樂疏序 【林欲楫】

記有之：「知禮樂之情者能作，識禮樂之文者能述。」作者由情以生文，而述者緣文以會情，其揆一也。三代以降，禮壞於緜蕞，樂墮於淫哇，有能識其文者亦寡矣。國家創制立隆，集百王而潤色之，然宮徵之音，朱學士有不能辯，而從祀之議，去取紛于聚訟，蓋辟雍猶多曠典，而郡國可知也。

〔一〕文末刻陰文方印「王印/納諫」、陰文方印「聖/俞氏」。

吾師我存李夫子學貫百家，才兼數器，自星官疇人，下迨水學筭法，罔不抽精抉奥，纚乎成書，而鑿乎可見之施行。間徘徊黌宫，喟然嘆曰：「文不在兹乎？修古之謂何，胡爲乎蹇淺而闕於禮樂？」乃綱羅異代，綜厥沿革，衷之以聖謨，尊王也，禮時爲大，徵文獻焉。七十子之以年次也，諸儒之以世序也，蓋尚齒之遺乎？於其所不知，闕如也。胡然而容也，胡然而物也，胡然而器、而音、而律、而蹲蹲然舞也，其義難知也。執古以御之，按今以譜之，條理以倫之，旋宫以諧之。可周可折，可弦可歌。終之以化民觀德，而禮樂備矣。

欲楫曰：小子讀師禮樂疏，蓋穆然有感於古今之變也。孔子曰：「先進於禮樂，野人也；後進於禮樂，君子也。」深乎其言。禮樂也，今夫野人未知俎豆，相莊以抔飲，未知音律，相歡以謳舞，肅然動於不容已，而哦然發於不自知，情也，素也。然後聖人因其相莊者制爲同節之禮，引其相歡者制爲同和之樂，其容嫺以都，其聲雍以雅。美哉！君子乎，文也，繪也。素先而繪後，情先而文後，野人先而君子後。故禮樂者，以君子之貌而餙野人之心者也。朝廷之上，郊廟之間，民間既無由習覩，乃其濡於耳而浹於心，薰於目而洽於髓，奮至德之光而能盪宇宙之和者，無如頖宫之奏。故曰觀於鄉而知王道之易易也。吾師今者裒千古之聞，銓一代之典，豈徒苟爲備而已。將使郡國之從事于斯，聽其鏗鏘，志意得廣焉；習其俯仰，容貌得莊焉；行其綴兆，進退得齊焉。如是而文可識也。遺器而求之，撤響而索之，遂皇氏之坎，葛天氏之舞，女媧氏之簧，若可位置，若不可位置，若有均節，若不有均節，如是而情可知也。情與文相生，教與俗相摩，立之成之，使自得之，故君子有道古之容，小人有聽過之益，青衿無佻達之習，閭里無沾懘之風，斯牖民所以孔易，而程正叔不嘆於成材之難者也。

昔高皇帝論近代禮樂，謂人與器判然爲二，故手擊之而不得於心，口歌之而非出于志。所以然者，上之教不先，而人與器不相習也。藉令吾師之禮樂行習而安之，又安有判然爲二者哉？然則吾師之禮樂，高皇帝之禮樂也；高皇帝之禮樂，三代先進之禮樂也。小子不敏，非曰能之，願學焉。爰不揣固陋而爲之序。萬曆著雍敦牂之歲日在東井，國史編脩、晉江門人林欲楫謹序。〔一〕

〔一〕文末刻陽文方印「林印/欲楫」、陰文方印「太史/之章」。

讀頖宫禮樂疏

【馮時來】

嘗聞禮樂相表裏者也。古之王者舉大事必制禮作樂，而樂尤所以成禮，未有禮行而樂可廢者。煌煌乎禮樂，用孰有大于太壇太折太廟者乎？頖宫之禮樂何居乎？蓋太壇以祀天也，太折以祀地，太廟以祀先祖也。孔子總天地人三才而立其極，垂教萬世，祀之頖宫，故有頖宫之禮樂。禮昉於漢高帝之過魯，祠以太牢而未明備也。樂昉於宋文帝太子釋奠，設軒懸、舞六佾而未通行也。嗣是褒崇之典，代加嚴重，無論英喆，即昏如桓、靈，逆如莽、丕，夷如拓拔、奇渥，慮無不凜凜祀之，等威擬于王者，列爵逮于羣從，真生民以來所未有，而未盡制也。

我高皇帝登極之初，即以太牢親祀國學，詔定釋奠禮，舞用六佾，頒大成樂器于天下府學，令州縣學如府式，至肅皇帝又從而更定之。典垂不刊，固宜奉行無斁，乃自兩雍遺奠外，惟府庠禮樂稍具，州縣率多未遑。春秋二仲，一豆一登，毖劼三獻，燔帛送神，苟幸成禮而已。試執廟中百執事，而問之牢醴何義，律吕何音，兩階綴兆何物，茫無以置對也。

蓋雖奉欽諭諄復申飭，而樂書藏之太常，未經流布，無從稽攷。即太常所肄，惟是鏗鏘舞蹈之節，未有能言其義者。衿弁無從稽考，盛典遂以闕如。

吾師水部我存李翁，上察天章，下挈地靈，一切象緯稗家，蒐弗研微抉奥，而于禮樂尤極究心。當守澶淵時，即修復文廟樂舞，選儒童肄習，聲容器數，一稟令甲而詳訂焉。時環橋門觀聽者，無不詫爲盛事。已乃聞于當事，相與快曠典之肇復，檄畿南六郡邑一體遵行，至今頓丘、洹水間，侑享奕如，吾師之所倡明也。迨移節盂城，晉諸生，討論祀典，具金石羽籥如澶淵。而又念身教在一時，言教在萬世。聲名文物之邦，講求猶易，草埜甌脱，烏在其執尸祝徧告之也！類成頖宫禮樂疏，分畺十卷，以示時來。首臚前代崇祀故寔，暨本朝列祖釐正詔旨，諸如封號述贊、廟貌服章、席嚮灌獻、歌工舞列，迄堂廡配享、從祀位置，提綱分目，搜輯靡遺。而凡禮節、禮物、禮器、樂音、樂律，亦各爲詁、爲圖、爲譜、爲辨，旁及飲射之隸學宫者，皆有圖注，燦若指掌。

時來受而讀之，念今所蒞新安支邑，即我師之澶淵也，故紫陽先生闕里，而風尚朴畧，禮仍苟簡。方與學博徐君待任酌增丁祭器物，教習鄉飲升歌，喜得是疏，益奉行有據，不禁踴躍。亟下博士弟子議製器習舞，亦庶其有興乎？時來讀是疏而穆然有深感也。昔陶唐之始，陰多滯伏，而湛積水道，壅塞不行，民氣欝閼而瑟縮不達，故既爲之雍容揖讓以養之，復作爲舞以宣之。至禹勤勞天下，通大川，決壅塞，鑿龍門，降潦水以導河，疏三江五湖，注之東海，以利黔首。於是玄圭告成，釐然惟叙，乃命皋陶作夏籥、九成，以昭其功。今師所轄南河五湖伏隍，上走淮泗，下控惟揚，衝激陵寢，爲梗漕輓，勢難底定。而吾師精心決排，蒿目疏瀹，既臻厥成，坐見安流，天下晏如也。吾師之明德遠矣。是疏又攷訂禮樂，肅雝並邕，情貌全羅。舉而錯之，由澶淵而畿南、而盂城、而新安、而天下，漸次曁訖，於以助宣政教，鼓吹休明。將洋洋乎漂唐流夏，寧直宣聖在天之靈，寔式憑之。且令天下知我列祖崇祀精神，敻越千古，非第獲媚于儀而不聾于音已也。時來故讀是疏而穆然有深感也，謹藉手剞劂告竣事，僭爲數語，識之簡末云。直隸徽州府知婺源縣事、晉安門人馮時來謹序。〔一〕

〔一〕文末刻陽文方印「馮印／時來」、陰文方印「泰復／氏」。

頖宮禮樂疏跋〔一〕

【陳正學】

夫揖讓登降之際，金聲玉振之間，誰其尸之，神理而已。記云：「知禮樂之情者能作。」今小戴列于學官，求所謂鏗鍠之節、進反之度，盪盪乎若捕風而無所循，又何怪兩生所云「積德百年而後興」？朝家氣運，鴻明昌博，崇祀先聖，遠軼前代，名世偉杰，莫不奮自子衿。試質以俎豆鍾磬、音容綴兆，至白首不能明。自非命世通人，稟清淑之氣，備金玉之相，無能遡稽近取，窺三才之閫奧，析中和之妙藴，如吾師我翁李夫子者也。吾師敏而好學，躋於生知，於天官河渠靡不究，於三禮六律靡不析，於八索九丘靡不討，於經緯器數靡不該，於譯書輶軒靡不詢。格物致知之學，有漢儒之博而暢其旨，有宋儒之潛而浹其趣。在古爲專門，而吾師兼之矣。至如定兩廡之位次，正姓氏之訛贋，辨公孫之非，雪子雲之恥，顔子之父、曾氏之考，於難處之中得變通之權，卓識偉論，鑿鑿乎大猷哉。他若射舞駿

〔一〕據李之藻頖宮禮樂疏（臺北「國家圖書館」萬曆刻本）録文。原題作「跋」，手書上板。

奔，備詳曲折；鍾律度數，窺極要妙。苟天下髫髦，少而習之，長而精之，挈壺之童預於聞韶，焉知三代之雅不復見於今日耶！

正學小子，嘗臠知鼎，竊見吾師一斑。蓋吾師嘗爲河隄使矣，不搴長茭，不沈美玉，八寶之人歌之，猶鄭國、白公也。河岳英靈，上炳乾符，藉國家寄以秩宗之任，陶淑所及，于夔龍何多讓焉。茲疏也，紹千聖之統緒，揭昭代之鴻猷。正學小子，何敢阿其所好？語有之：「得其人，若聚沙而雨之；不得其人，若聚聾而鼓之。」子期之弦、師曠之鍾，謂知音而寥寥者，學不信也。己未立春，東治門人陳正學敬跋并拜手書。〔一〕

禮樂疏序〔二〕

【徐允禄】

頖宮之有禮樂，自古昉也。然而，古者羣弟子之俊秀者肄習禮樂於其中，而以施之朝廷，登之清廟而已，非頖宮所得而專有也。即有釋菜、釋奠於樂祖先師之説，然亦借是以

〔一〕文末刻陽文方印「陳印/正學」、陰文方印「貞/鉉」。

〔二〕據徐允禄思勉齋集（四庫禁燬書叢刊集部第一六三册影印順治刻本）卷六録文。

習其文，肄其業，使得嫺熟於清廟明堂之儀。若奏而特以樂祖先師爲之尸，故其舉數而其事畧。若頖宮之專有禮樂，則自唐開元宗孔子、師顔子于辟雍昉也。而頖宮禮樂之有疏，則又自吾師李夫子裒集列代，考衷本朝，錯綜事儀而爲之，若疏、若詁、若譜、若辨昉也。

我李夫子之言曰：今天下之書總歸六籍，六籍者，吾夫子手定之書也。而書之紀述夫子者，於言行則有論語，於家世則有家語及孔叢子，獨於没後陟降之精神，所以流行今古，興起人心，特令頖宮之禮之樂遂分泰壇、泰折、泰廟、大廷之禮樂而爲之者，曾不得勒成一書以示來兹，此非予之責而誰責矣！蓋我李夫子，湛精道德，被服仁義，其精者大者，既于先聖歷歷有統系，若其旁串百家，兼通器數，若天官、若河渠、若律曆、若兵農，靡不精討熟究，具有成書于胸中。夫以頖宮之禮樂，其重若彼，以吾師之多能，其該博又若此，而不及其當世裒集列代錯綜事儀以爲之，若疏、若詁、若譜、若辨，而勒成一書，是滅没夫子在天之精神，而徒有舜禹之智瘖而不言也。此于吾師真有不得辭其責者。故曰頖宮之有禮樂疏，自吾師李夫子昉也。

抑愚因是有概焉。謩宗樂祖，代不乏人，其以賢士大夫而通其義，兼習其器者，於宋有范蜀公、司馬温公兩家。此二公各執一見，畢世不相服，而朝廟亦不之用，今第有其往來書疏存焉。於昭代則有關中韓苑洛先生實精其説，晚而得楊忠愍公以授之。故忠愍公言樂，天下莫能難。然而苑洛、忠愍卒不得施其説于太常，而瓠落爲野修之樂，惜矣。今昭代休明，重熙累洽，以啓哲人，而吾師李夫子來矣。天子幼沖，衆正即有僚，正在昔姬公制禮作樂之會，盍即其疏頖宫禮樂者，以通疏泰壇、泰折、太廟、大廷之禮之樂。而因以成均秩宗之任召吾師，而興其三禮，正其六樂，以秩神人，以和上下，以格天地，以變陰陽，使吾陟降之。夫子依然莞爾而笑，而范蜀公諸賢亦得此一折衷以展厥施也。又直澶淵之橋門也哉，又直盂城之絃誦也哉。某雖不敏，敬奉昔者所聞而請事矣。

名理探序〔一〕

【李天經】

盈天地間莫非實理結成，而人心之靈，獨能達其精微，是造物主所以顯其全能，而又使人人窮盡萬理，以識元尊，乃爲不負此生，惟此真實者是矣。世乃侈譚虚無，詫爲神

〔一〕據傅汎際譯義、李之藻達辭名理探（傅斯年圖書館藏明刻本）録文。李天經序爲手書上板。

奇，是致知不必格物。而法象都捐，識解盡掃，希頓悟爲宗旨，而流於荒唐幽謬。其去真實之大道，不亦遠乎！西儒傅先生既詮寰有，復衍名理探十餘卷。大抵欲人明此真實之理，而以明悟爲用，推論爲梯；讀之其旨似奥，而味之其理皆真，誠爲格物窮理之大原本哉。

竊嘗共相探討，而述其詞旨。以爲是真實者，乃靈才之糧，併爲其美成，爲其真福焉。爲糧者，吾人肉軀惟賴五穀之精氣滋養以生。若一日去飲食，則必弱。久去，則必死。又或不謹，而雜以毒味，進則必病，亦且必死。靈才之不得離真實而進僞謬也，亦如是矣。爲美成者，人靈初生，如素簡然。凡所爲習熟，凡所爲學問，凡所爲道德，舉非其有，蓋繇後來因功力加飾，而靈魂受焉者。顧所受惟真惟實，其飾也加美。否則不美，必醜矣，可惜也。

所謂真福者，非繇外得而不可必者也。惟於我所欲得，即繇我得之。惟我欲得而繇我得，乃始爲屬於我。惟屬於我，乃始爲我真福也。彼世所有，如財也，貴也，樂也，皆無一繇我得，無一屬我，則無一爲我真福可知矣。然則孰爲我欲得而繇我得，誠然屬於我者？夫非明悟所向之真實歟。雖然，真實之理，不可不明，而明真實之理，正匪易易也。

全明者享全福，此惟在天神聖則然。吾儕處兹下域，拘于氣稟，不能明其全而可以明其端，以爲全明之所自起，其道舍推論無繇矣。

古人嘗以理寓形器，猶金藏土沙，求金者必淘之汰之，始不爲土掩。研理者，非設法推之論之，能不爲謬誤所覆乎？推論之法，名理探是也。舍名理探而别爲推論，以求真實，免謬誤，必不可得。是以古人又比名理探於太陽焉。太陽傳其光于月星諸曜，月星諸曜賴以生明。名理探在衆學中亦施其光炤，令無舛迷，衆學賴之，以歸真實。此其爲用，固不重且大哉。其爲學也，分三大論，以凖於明悟之用。蓋明悟之用凡三：一直，二斷，三推。名理探第一端論所以輔明悟于直用也。第二端論所以輔明悟於斷用也。第三端論所以輔明悟於推用也。三論明而名理出，即吾儒窮理盡性之學，端必繇此，其裨益心靈之妙豈淺鮮哉！

余向於秦中閲其草創，今于京邸讀其五秩，而尚未覩其大全也，不勝跂望以俟云。是爲序。崇禎九年日躔壽星之次，奉命督修曆法山東布政司右參政李天經書於修曆公署。〔一〕

〔一〕文末刻陰文方印「李印/天經」、陰文方印「癸丑/進士」。

名理探序〔一〕

【李次彪】

研窮理道，吾儒本然。然世之擁皋比譚修詣者，同異互標，醇疵競騖，而統緒屢歧。其或負敏喆、侈贍博者，蒐奇襲艷，秖事雕蟲繡帨，而旨趣益晦。寖假而承身毒之唾，拾柱下之瀋，以奸吾儒之正。舉凡一切修齊克治，咸芥睨爲虚無假合，而理道且愈迷厥嚮矣。詎古經籍所載，明德明命，精微奥藴，遂靡實地可踐，定序可循，本元可探，以祈返於一真之路哉？抑性與天道，可得而言者，果不可得聞，而徒煩後儒擬議歟？

余小子，其何知，惟憶曩侍先大夫，日聆泰西諸賢昭事之學。其旨以盡性至命爲歸，其功則本於窮理格致。蓋自函蓋内外，有模有象，不論不議者，無不叩其底藴，而發其所以然。覺吾人禔繕，始有實際，身心性彙，始有究竟歸宿。貞教淑世，直遡宣尼、公旦而嘿契焉。彼膠固窒於習見者，未窺其藩，輒生疑沮。嗟嗟！然則道之難明也，雖關閩濂洛

〔一〕據傅汎際譯義、李之藻達辭名理探（傅斯年圖書館藏明刻本）録文。原題作「序」，手書上板。

諸儒當年不能援暌使翕，情勢則然，斯又奚足爲西賢致慨乎？

先大夫自晤利先生京邸，嗣後宦轍所之，必日偕西賢切劘揚扢。迨癸亥廬居靈竺，廼延體齋傅先生，譯寰有詮，兩載削藁。再閱歲，因復繙是編。蓋寰有詮詳論四行天體諸義，皆有形聲可晰。其於中西文言，稍易融會，故特先之，以暢其所欲吐。而此則推論名理，迪人開通明悟，洞徹事非虛實，然後繇因性以達夫超性。凡人從事諸學諸藝，必梯是爲嚆矢，以啓其倪，斯命之曰名理探云。其爲書也，計三十卷。奥而不浮，賾而有序，統之函五大論，而究則歸於一真。語語抉源，步步蹠實，殊海心同，若合符節，何有攜貳以自生障礙哉！第厥意義宏深，發抒匪易。或隻字未安，含毫幾腐，或片言少棘，證解移時。以故歷數年所，竟帙十許。乃先大夫旋以修曆致身矣。嗣余入署纘業，鞅掌測演，悵居諸之虛邁，慚繼述之未從，每爲披閱，有餘恫焉。

丁丑冬，先生主會入都，示余刻本五帙。益覺私衷，欣赧交構。蓋赧者，所貽清白，力莫能助剞劂之費。至欣者，則景祚天開，聖天子留心欽若，邇日昭鑒斯道，有裨世教，因錫以御牓，顏曰欽褒天學。大哉皇言！開榛蕪，啓矇瞶，息異喙，定一真，是斯道大明大行之一會乎？有志於正學者，得是編爲引端焉，於以信表章之非誣，倡秉彝之有自。至德不孤，行將殫西學以公諸寰宇，使旨趣不迷，統緒歸一。則曩之窒者通，疑者信，寧惟第名理是探而已耶？余小子，實不勝企願焉。因不揣固陋，爲摭其大端如此。時崇禎祝犁單閼之歲日躔降婁，仁和後學李次虨譔。〔一〕

李我存先生文集序〔二〕

【孫治】

國家褒重經術之臣，豈徒持簪槖筆，出入風議哉？亦將以有用之學見諸行事，而使天下得以收儒效也。今之士大夫于制舉外無所窺見，而一切當世之務若築垣墻以拒之，而惟恐其入也。若設金堤于渭河而防其濫也，又若悉巴蒲之兕象以爲瑱而唯恐其聞之也。於乎！身爲士大夫而空疎不學如此，使天下謂儒者何哉？若我存李先生，則真今世之大儒也。先生力學積聞，經術則如劉向，文學則如王褒，而又熟悉掌故如魏相，舉凡天官、地理、屯田、河渠之類，無不犁然言之即措諸施行者。於乎！使先生歷官兩府，出

〔一〕文末刻陽文方印「仲聲/氏」、陰文方印「李次/虨印」。「祝犁單閼」即己卯，崇禎十二年。

〔二〕據孫治孫宇台集（四庫禁燬書叢刊集部第一四八册影印康熙二十三年刻本）卷六録文。

將入相，則其建立必有傑出于漢唐名臣之外者矣。而惜乎遭時遇主而猶有所未盡其才也。雖然，先生之言具在，使天下後世讀是集者，謂制舉中有大儒如先生，非所以光重我國家而寵榮儒術與？其于邊、徐、何、李之徒僅以文章見者，相提而論，不大徑庭哉！抑聞先生精曆推筴，自太初以來，無不窮其幽賾，此真有明三百年之絕學也。先生殁後而遺言盛行于世，則其書亦當與太元並傳矣。

附録二　傳記資料

小傳

第四十名，李之藻，杭州府學生，易。

萬曆二十二年浙江鄉試録，中國國家圖書館藏明刻本

第六名，李之藻，浙江仁和縣人，監生，易。

萬曆二十六年會試録，上海圖書館藏明刻本

【二甲第五名】李之藻字振之，行一，年二十八〔一〕，九月二十五日生。貫浙江杭州府仁和縣，軍籍。國子生，治

〔一〕按登科録及履歷便覽，李之藻生於隆慶五年辛未（一五七一），萬曆二十六年會試，時年二十八。按巴篤里（轉下頁注）

易經。曾祖榮，省祭官。祖子垕，衛知事。父師錫，母應氏，俱慶下。娶徐氏。浙江鄉試第四十名。會試第六名。

萬曆二十六年進士登科録，上海圖書館藏明刻本

【浙江杭州府】李之藻我存。易四房。辛未九月二十五生。仁和人。曾祖榮，聽選官。祖〔子堂〕〔子垕〕，知事。父師錫。甲午四十。會十。二甲五。禮部政。授工部主事。己亥管節慎庫。癸卯〔付建〕〔福建〕主考，本年升郎中，濟寧管河。乙巳京察。戊申補開州知州。庚戌升南工部員外，本年升郎中。庚寅補屯田司郎中，本年調都水司郎中，管南河。辛酉升廣東參政，廷推留用，改光〔录〕〔禄〕少卿，管理軍需。壬戌升太僕少卿。癸亥拾遺。己巳起原任。庚午卒。

萬曆二十六年戊戌科進士履歷便覽，上海圖書館藏明刻本

（續上頁注〔一〕）(Daniello Bartoli，1608 —1685)耶穌會史中國卷，一六三〇年六個月中鄧玉函與李之藻相繼逝世，是年李氏自杭州抵京，跋涉四省，年已六十有五且多病云云（*Dell'Historia Della Compagnia Di Giesu*，*La Cina*，Rome，1663，pp. 954 - 955）。如按實歲計算，則李之藻當生於嘉靖四十四年（一五六五）。由於進士貴少賤老的傳統以及選拔庶吉士與科道官員的年齡限制，明代，特別是嘉靖之後的登科録中普遍存在虛報年齡的現象。傳教士的記載似乎更爲可信。

李之藻，字我存，萬曆二十六年進士，由工部歷官太僕卿。素精天文，崇禎初詔修曆法，大宗伯首推之藻，召共事，採西洋法定五行七政歲差無訛。已奉命治河，在張秋濬泉百餘，漕河始無淺阻患。南旺湖久佃種淤塞，之藻特復之，蓄洩有方，河水得以流通。又開濟南月河，濬彭室口，以洩汶水之決，而北河皆治。其治南河也，會黃淮交漲，淮城危在旦夕，之藻起涇河、黃浦二閘以洩之，于高郵城外開迴壩，塞海子之東洩，俾繞城而北。復淮安板閘五壩，以防黄河濁流内灌，又筑黄浦南堤之屬賨應者。兩治河漕，咸著成績。所著有簡平儀説、頖宫禮樂疏等書行世。

康熙仁和縣志卷十七〔一〕

李之藻，號我存，仁和人，進士，萬歷間以工部郎謫知州事。性明敏，法令畫一，摘發如神，人莫敢欺。于諸家之學無所不窺，尤精歷律。吏會計錢穀多隱匿，之藻視案牘以西洋算法正之，衆駭服。謂孔廟不宜用俗樂，創樂器，選生徒爲六佾舞。州城圮于霪雨，刻

〔一〕趙世安修、顧豹文等纂康熙仁和縣志卷十七人物（37a —b），康熙二十六年刻本，中國地方志集成浙江府縣志輯第五號。

期修葺。復謀開溝洫，貽民永利，會入覲，不果。

嘉慶開州志卷四〔一〕

李之藻，字振之，號涼庵，仁和人也。神宗戊戌進士，官南京工部員外郎。時大統法浸疏，禮部因奏請：「精通曆法如邢雲路、范守己，爲時所推，請改授京卿，共理曆事。翰林院檢討徐光啓、南京工部員外郎李之藻亦皆精心曆理，可與西洋人龐迪莪、熊三拔等同譯西洋法，俾雲路等參訂。」疏入留中。未幾，雲路、之藻皆召至京師，參預曆事。雲路據其所學，之藻則以西法爲宗。

四十一年，之藻已改銜南京太僕少卿，上言：「迪莪、三拔及龍化民、陽瑪諾等諸人俱以穎異之資，洞知曆算之學，攜有彼國書籍極多，久漸聲教，曉習華音，其言天文術數有我中國昔賢所未及道者。一曰天包地外，地在天中，其體皆圜，皆以三百六十度算之；二

〔一〕李符清修嘉慶開州志卷四職官(50a)，嘉慶十一年(一八〇六)刻本。按，嘉慶開州志前，尚有崇禎、康熙二志。崇禎志未聞有傳本。康熙志卷七官師志，職官名表列有李之藻，下注「有傳」。同書卷五名宦志，明代部分弘治以下闕失(頁七一一〇)。

曰地面南北，北極出地高低度分不等；三曰各處地方所見黄道各有高低斜直之異，故其晝夜長短亦各不同；四曰七政行度各爲一重天，層層包裹；五曰列宿在天，另有行度，二萬七千餘歲一周；六曰五星之天各有小輪，原俱平行，特爲小輪旋轉於大輪之上下，故人從地面測之覺有順逆遲疾之異；七曰歲差分秒多寡各有定算，其差極微，從古不覺；八曰七政諸天之中心各與地心不同處所，人從地面望之，覺有盈縮之差；九曰太陰小輪不但算得遲疾，又且測得高下遠近大小之異，交食多寡，非此不確；十曰日月交食隨其出入高低之度看法不同；十一曰日月交食人從地面望之，東方先見，西方後見，凡地面差三十度則時差八刻二十分，而以南北相距二百五十里差一度，東西則視所離赤道以爲減差；十二曰日食與合朔不同，凡出地入地之時近於地平，其差多至八刻，漸近于午，則其差時漸少；十三曰日月食所在之宫每次不同，皆有捷法定理，可以用器轉測；十四曰節氣當求太陽真度，如春秋分日乃太陽正當黄赤二道相交之處，不當計日均分。凡此十四事者，臣竊觀前此天文曆志諸書皆未論及，惟是諸臣能備論之。觀其所製窺天窺日之器，種種精絶。昔年利瑪竇最稱博覽超悟，其學未傳，溘先朝露，士論至今惜之。今迪我等鬚髮已白，年齡向衰，失今不圖，政恐後無人解。伏乞敕下禮部亟開館局，首將陪臣迪莪等所有曆法照依原文譯出成書，其於鼓吹休明，觀文成化，不無裨補也。」

崇禎二年七月，詔與大學士徐光啓同修新法。之藻先從利瑪竇游，盡得其學，著渾蓋通憲二卷，言：「渾蓋舊論紛紜，推步匪異。爰有通憲，範銅爲質，平測渾天，截出下窺，遥遠之星，所用固僅，倚蓋是爲，渾度蓋模，通而爲一。面爲俯視圓象，背則璇璣玉衡，中樞兼有南北二極，系以窺筩及定時衡尺，其上弁以提紐，用則懸之。儀之陽，有數層。上爲天盤，其下皆爲地盤。各俱三規，中規爲赤道〔一〕，内外二規爲南至北至之限，而黄道絡於内外二規之間。天盤渾似天體，用黄道以紀太陽周天之度。度分三百六十，剖爲十二宫二十四氣，其度斜刻，緊切地盤，以便觀覽。錯以經星，星不具載，載其最明鉅者，各以針芒所指爲準。地盤隨地更换，各視所用地方北極出地之度爲率。其盤分地上地下二限，最下一曲線爲晨昏界，稍升一曲線爲出地入地之界。自此以上，度數以漸平升，直至天頂，匀爲九十度，以觀太陽列宿漸升漸降所到。其中央一直線，則當子午之中，其過頂一

〔一〕「各俱三規中規爲赤道」，原作「各俱中規三規爲赤道」。據渾蓋通憲圖説上卷總圖説乙正。

曲線結於赤道卯酉之交者，則爲正東西界，其餘方向皆有曲線定之，近北窄而近南寬，蓋若置身天外斜望者然。其晨昏界下諸曲線分爲五停，又爲夜漏之節云。儀之陰，中分十字界，其衡界以分入地出地之限，其最上近紐處爲天中外規，周分三百六十度，自地上至天頂左右俱鐫九十度。中央運以覘筒，筒立兩表，各有大小二竅，以受太陽列宿之影，以觀其影離地而上得幾何度。其三百六十度，每三十度作一宫，内次層則分三百六十五度四分之一，以具歲周全數，備刻節氣列宿，以與外盤相準爲用，皆以窺筒審定。此爲太陽行實度也。中央上截另爲分時小軌，下截方儀，以勾股測遠近高深。」各法詳具圖説，凡十有八篇。總見大圜之體，環中無窮，規繩曲中，不可思議。又著同文算指前編二卷、通編八卷，圓容較義一卷，皆譯西人利瑪竇之書也。其同文算指序畧曰：「西儒利瑪竇先生，精言天道，旁及算指，其術不假操觚，第資毛穎。」又曰：「薈輯所聞，釐爲三種。前編舉要，則思已過半；通編稍演其例，以通俚俗，間取九章補綴，而卒不出原書之範圍；別編則測圓諸術存之。」世行天學初函，之藻所彙刻也。崇禎四年卒于官。明史本傳、曆志，明史藁曆志、明史紀事本末、渾蓋通憲圖説、圓容較義、同文算指

論曰：西人書器之行于中土也，之藻薦之於前，徐光啓、李天經譯之於後，是三家者皆

習於西人，亟欲明其術而惟恐失之者也。當是時，大統之疏闊甚矣，數君子起而共正其失，其有功於授時布化之道豈淺小哉！

疇人傳卷三十二〔一〕

附李禧熊

【浙江杭州府】李禧熊省薇。禮記房。己巳年八月二十一日生。仁和人。曾祖師錫，贈太僕寺卿。祖之藻，戊戌會魁，癸卯福建典試，歷任太僕寺卿。父長楙，邑庠生。

戊子四十五名。會試三百十六名。二甲六十名。禮部觀政。丁酉授中書。

順治九年壬辰科四百七名進士三代履歷便覽，中國國家圖書館藏順治刻本

〔一〕阮元疇人傳卷三十二明四（1a—5a），續修四庫全書史部第五一六册影印嘉慶間郷嬛仙館刻本。原文「秝」字回改作「曆」。

李公去思碑記〔一〕

【于慎行】

李公諱之藻，浙之仁和人。以督水使駐節安平，匝歲左遷去。鎮人思之，謀揭碑于道左，言屬不佞。豈以不佞居阿，違河上纔兩舍，公治行固所稔習者乎？余以爲水部之涖安平也，雖云典工官事，不治民，而其中具五方，衣冠多有。夫湫亦一都會也，以禹智守官，而以堯仁播當宁之澤於天下。寧惟是千餘里帆檣之影，堪爲此部旂常，舟車楯櫟之餘，恩波且九里及焉，如我存公者近是。方公之未至也，鎮人士日手大篇而飲鴻名，耳臆

〔一〕擬題。據黃承玄創輯、林芃重修、馬之驦補編、陸叢桂鑒定（康熙）張秋志（中國科學院國家科學圖書館藏康熙刻本）卷五職官志名宦傳（22b—23b）録文。傳云：「李之藻，字振之，浙江仁和人。萬曆末，以冬官郎分司張秋，管河道。時河上清宴，留心教養，得民者甚深。闔鎮士民，方望久涖茲土，而淪浹其澤。乃甫周年竟左遷，蓋有中之者。去之日，攀援莫及，衆請於東阿于相國爲文志去思云。碑豎顯惠廟門外河岸上，久已傾，無知者。之驦偶見，讀而録之。當入藝文志，時藝文志鐫訖，不得附，乃附於此。」以下録碑文。按同書卷五職官志工部分司表（5a）：「李之藻，字振之，浙江仁和縣人，戊戌進士，三十二年任」。

曾者已知海内有我存公。公至，而即爲之進諸生課業，品藻有差。且時秇外，多所旁及，意深矣。教遠而人人有蘇湖之思良然。然公所居，特幸多齊魯文學，而寔方今財殫第一區，其地界三大邑，而猥名財藪，不幸而又益其疾。中貴人之豺狼顛越，有俛首受而已。公雖奉璽書，事事河上，而暇即問井閈，惻然搜所不便而爬梳之，著爲額，使不得易。未嘗曰吾民社外吏，不敢越局也。以如是大舟，而政且溢于玄武外。吾以爲不即爲彭宣徵，已負材，且見抑矣！今而後清署餘閒，誰爲進弟子請益？四九課日，誰爲督？公府半菽一蔬，誰屑屑與齊民同貿易？畚插梟藻，誰爲播？居賈行商，恬焉在？廉取直償之下者，誰爲焚其故簿？桑之奴、孔之隸，與夫引瀆奪沁之豪，至吏不敢問者，又誰爲之懾而不使貽害于羸弱？無怪乎匹庶瞠目相向而爲是請歟？之請也，緊惟是美遷華發，彌以隆赫，有所峻仰而阿之。而公以坎壈去。不然，即受位非所，而不越鈐轄，手捧喝鈴聲，亦足驚心，而公又徙而別治矣。而兹鄉紳士賈，以暨眉老髫童，于于蠕蠕，異口而騈心若此。此可見公道之在人心，不容一毫假借。而公之雅量，又足以當之。何者？人情有懷莫展，志千尋而行纔尺寸，未有不怏怏自失者，而公獨坦然謝過，引以爲當，我無几微介容。

此古李文靖、吕文穆之倫，所就遠矣。萬曆乙巳〔一〕仲秋吉日東阿于慎行謹記。

栝蒼地平日晷題辭〔二〕

【鄭懷魁】

栝蒼平晷石儀，李工部振之所著定也。其一在張秋，一在武林，皆隨極俯仰以揆日。栝蒼極星出地二十八度，日道漸高，分至所經，去人漸近，晝夜永短，不與越北郡同。舊刻漏廢百餘載，始命陰陽家治之，積水導流，漫無恒則。郡非無晷也，其輪當赤道，表指二極者，斜倚差而景有至有不至焉，將誰使正之。自振之爲斯晷也而日不迷。雖法從西來，實巧緣中悟。平爲局以取照，端爲表以候辰，縱横區畫，經緯如織。廣狹者，虚實之象也。交錯者，變合之象也。東西者，出納之象也。南北者，發斂之象也。較諸古法，斯無側而正，直貞觀而易簡者矣。夫司空氏，治地者也，廼制地之宜，而日以爲紀，於以承天時、治人事，得謂于郡牧無裨哉！時既刻渾蓋通憲，傳之大都，乃復刊兹石，知必垂之。後是曆

〔一〕「乙巳」，原作「己巳」。按之藻履歷，碑記當作於萬曆三十三年乙巳，據改。

〔二〕據鄭懷魁葵圃存集（日本尊經閣文庫藏萬曆刻本）卷十四（22a—23b）録文。

學淵博，宜不減淳風。若予推算渾天，何知合轍。予愧鄭玄多矣。

栝蒼地平日晷記〔一〕 【鄭懷魁】

振之作栝蒼地平日晷，寘坐嘯軒之南。石方橢如几案，畫錯織，當景經緯，以距表近遠爲室，中爲二分，晝刻咸列，燮斜規赤道而平揆之，制最精玄。嘗曰：君子之至於斯也，山國乃能晨夜。

聞雅書院記〔二〕 【王納諫】

漢氏聞人若劉子政、楊子雲，以及東都張、蔡，皆稱於學無所不窺，或乃手校鍾律，目

〔一〕擬題。據鄭懷魁葵圃存集卷二十六（3b）録文。原爲新話三之第四則。

〔二〕據王納諫初日齋文集（北京大學圖書館藏明末刻本）卷六（29a—31a）録文。參校朱國盛纂、徐標續纂南河志（四庫全書存目叢書史部第二二三册影印天啓間刻崇禎間增修本）卷十一（42a—44a）。南河志本文題作「聞雅別署記　吏部員外王納諫」。

意渾儀，其著論通天地人曰儒不虚言者。後浸媮棄，不能紀遠，然而流風未已。若陶弘景，方外之雋也，一物不知，以爲深恥。彼豈應科目干禄於此世哉？退之亦云：「雖今之仕進者不要此道，然古之人未有不通此而能爲大賢君子者。」噫嘻！余每誦此言，撫几三嘆。夫使士績學，若賈待售而已耳。售則爲之，不售則不爲也。區區經義論策，有腐心没齒於其中者焉，遑問其他。理學先生則又曰急性命，遺事物而空之。至如前古絶學，若象緯鍾律之屬，皆疇人專官，殫極幽眇，而世罕傳習，百存一二，轉弗復顧惜。甚者訾以爲非務，距以爲不解，必欲使先王微意薰歇燼滅，用愚黔首。烏虖！亦忍矣。

臨安〔一〕李我存先生，今世碩學，自天官星土、曆律測候、極數徵象，靡不殫洽，而沖素自將。頃以都水使者涖事秦郵，始至，謁先聖，視學宫且圮，而軒懸缺不具，如有嘅然。既而裁俸若干金，爲修葺費。更制樂器，遴良伐材，躬自校定，都爲一部，鏘鳴式序。暇則集諸士，談藝往復。諸士以故，人人心折先生，諸士亦安能敓先生殫見洽聞也歟哉？而先

（續上頁注〔二〕）篇内「武原王使君適下車」云云，當即王廷俊，浙江海鹽人，萬曆四十七年至天啓元年任高郵知州（參見乾隆高郵州志卷八文職）。本文當作於萬曆四十七年頃。

〔一〕「臨安」，南河志作「仁和」。

生爲訓若曰：「用志不苟，有如此樂矣。細若氣，微若聲，夫猶神而存之，而況其章徹者乎？神明之牖，惟目與耳。目内有形，以詩書致養焉，有形可循，故詩書日益博。耳内無形，以律吕致養焉，無形不可即，故律吕日益斁。假令耳目之官，課職如一，并力幽討，寧不足通天地人爲大儒，即區區經義論策，有不眇衆慮而爲言者乎，又何精麤小大之樊哉？」先生於大雅灰冷之際，迓續微學，俾不墜地，是其篤志好古，懷不能已，非如世學者集於菀〔一〕而不集於枯者也。充斯類也，求有不爲爵勸，不爲禄勉，以憂社稷者，其惟先生乎？諸士志之。

先生今所職治水，而水與土爲妃，融結〔二〕有端。觀禹貢所導山川脈絡，若一畝之澮其溝瀆，禹雖〔三〕足迹徧天下，旋其面目，瀰望而眩矣，奚以導地脈若一畝之宫？其亦有表微洞幽，不循有形者，而世失不傳耶？先生蓋有以辨此矣。先生隨刊〔四〕嘉績，又以其餘力

〔一〕「菀」，原作「苑」，據文意改。
〔二〕「融結」，南河志作「融結者」。
〔三〕「雖」，原作「維」，據南河志改。
〔四〕「隨刊」，南河志作「隨刻」。

爲秦郵脈土，闢南北關，宣節風氣。鄉大夫士既心折先生，請於州刱書院講堂〔一〕，皋比先生。而武原王使君適下車，與先生同里同志，敦雅悦學。於是諸士得請，而問序於余。余服膺先生之學，健其志，將往問業焉，以爲諸士先而未之逮也，不容無言。

送南河郎中李振之年兄還朝序〔二〕【錢文薦】

善哉乎！浮淮客問也。答之者爲吾年友李振之。振之靈心獨朗，妙術旁通，嘗學數于西域異人，讀其書如蝌蚪而前，鞮譯而外，杳不知其爲何語，而振之已炯炯洞照。況淺而河渠，直燎然在吾目中者耳，而曾足以難振之乎？振之治水南河，習見黄濁而淮清，黄悍而淮怯久矣，夫不相敵也。爲淮慮者，拒黄如拒寇焉，而吾且廣張月河，引黄使入，則與開門延寇者何異？不待智者而知其不可矣。平江多方設閘，所以爲拒黄計者，不遺餘力，而今且狃常襲故，曰有其廢之莫可舉也。不慮數十年而後，河漸淤漸決，方且縱横

〔一〕「書院講堂」，南河志作「别署數楹」。

〔二〕據錢文薦麗矚樓集（日本公文書館藏明刻本）卷九録文。此文約作於天啓元年。

漫漶而自尋入海之路，淮揚百萬生靈不且化爲魚鱉哉！　而始咎板閘之不興，月河之不塞，晚矣。　振之持此成議，永矢弗渝。　而悠悠者不察，以爲是且將然未必然，烏容過慮，兼嘵嘵者，復從旁阻之，不以爲生事，輒以爲害民。　迄今厥成臻矣，而見稍齟齬猶復生異同之論。　此一鬨也，遠慮者指爲安如磐石，而近憂者指爲危若纍卵。　振之將奈何？振之曰：「水性易調，人情難調。」有味乎其言之已。　大抵天下事有隳于悠悠者，亦有隳于嘵嘵者，兩端皆足害成，而悠悠者爲多。　振之治河自其職掌，而近更爲大工督催逋木以七萬計，勞苦而功多矣。　乃當事者不知主何意見，始千辛而括之，卒一擲而棄之，暴殄天物，委頓河干，獨不念勞臣之鞠躬盡瘁也乎？　吾知振之所爲皆爲人所不能爲，爲人所不敢爲。　爲之自我當如是耳，而事之在後日與事之在他人者，我固無如之何也。　有臣如此，不用之以肩弘鉅，濟艱屯，而徒使浮沉南河，將天下事必悠悠者嘵嘵者然後勝其任而愉快乎？　夫振之不能與若輩偷位而持禄明矣。　必也彼阻抑而此登庸，則吾有望于宗廟社稷之靈。

工部都水清吏司郎中李之藻〔一〕

【李光元】

制曰：仕有以冬官起，比二十四載〔二〕而猶爲郎，不出署者邪？滿秩惟一覃典，與今而二。即其遭逢之數而服勤之久，益足念焉。爾某官某，文詞偉麗，經濟沈閎，天文地紀之旁通，物曲人官之洞悉。操嚴暮夜，清帑藏以見旌；鑑朗熙朝，典弓旌而考適。治河輒效，鑄幣有裨。出守澶淵，則殊猷益懋；廻翔留署，而雅望彌崇。再踐本曹，適還初秩。夫一工爾，而兩都洊歷，四屬數周，鉅細之務莫欺，新故之工是訪，朕甚賴焉。特以覃恩授爾階某官，錫之誥命。於戲！或欲六官皆履一以至乎其極，爾誠似之，而豈其時乎？旦夕或以方任見咨，或以殊能特擢，然而誠心卓識，即百司四海與冬官豈有異哉？益定乃衷，祗膺朕命。

〔一〕據李光元市南子（四庫禁燬書叢刊集部第一〇五册影印崇禎刻本）卷五（1a—2b）録文。

〔二〕「二十四載」，「二十四」或當作「一十四」。按，自萬曆三十二年李之藻管理北河，至萬曆四十六年南河任滿，恰十四載。

工部都水清吏司郎中李之藻父〔一〕

【李光元】

制曰：君子之有令兒，享崇報者，厚德其常也。乃又有奇行，而嘖嘖人口者焉。匪奇也，德之至而人所難能者也。爾封某官某，乃某官某之父。經史自娱，聖賢爲則；孝於嗣母，篤及本生。爲父冤而補郡功曹，卒營以免；選掾屬而銓司幕府，皆偉其能。所後既殂，遂棄弗就。好書好士，令子賴以成名；教嚴教寬，即吏遵之有譽。義切於伯兄季父，惠周乎宗族友朋。名德楷模，彝倫冠冕。特以覃恩，特贈爾爲某官。明綸三錫，懿炬千秋。

太僕寺添註少卿修改曆法李之藻〔二〕

【張維機】

制曰：朕纘嗣大寶，加意允釐，思金木土穀，惟修資于象緯，而歲月日時，無易藉於璣

〔一〕據李光元市南子（四庫禁燬書叢刊集部一〇五册影印崇禎刻本）卷五（1a—2b）録文。
〔二〕據張維機清署小草（尊經閣文庫藏崇禎四年刻本）卷二十三（42a—b）録文。

衡，必其學貫天人，方能精折律數。爾太僕寺添註少卿修改曆法李之藻，胸皆貯錦，管抒爲葩，掄魁名高于册墀，展采望隆于玄武，閲歷在盤根錯節之會，拮據覘文經武緯之長，參典粤藩，尋拜卿秩。爾實高翔于别墅，朕方睠切於耆賢，念勑幾在，欽若昊天，晉冏卿以敬授人時，必天運之既明，斯人紀之可定。在昔帝世建極，首命羲和；即以周禮求中，必資馮相。唯爾參百家之總，迺能兼衆妙之全。兹覃慶授爾階中憲大夫，錫之誥命。夫四游七曜之離躔，占測不易；一極五表之運轉，攷證更難。遠綜雒下閎、耿壽昌渾象之儀，旁稽李淳風、梁令瓚積分之紀。朕方撫辰凝績，爾其治曆明時。欽哉汝諧，竚有後命。

皇明李節婦贈淑人陳氏〔一〕

氏名智慧，太學生李子塾妻也，仁和人。寡時年二十五，未有所出。兄某誘令改節，以死自誓。養族人女同居，形影相吊。悍族横齕，徭役繁苦，供上睦下，貲産罄然，勤女紅

〔一〕據李唐等編武林旌德全志（臺北「國家圖書館」藏天啓六年刊順治間增補本）卷下（6b）録文。

以給朝夕。歷十年，而伯氏之次子師錫始生，撫而子之曰：「吾夫有後矣。」即封繕部員外郎也。生孫之藻，躬授句讀，史綱、性理群書，手録補綴。夜雞鳴輒起，篝燈勉讀。如此者殆十年，得成進士。完節凡五十載。生平言動，悉可師法。至萬曆壬寅，奉旨旌其廬。天啓初元，以孫貴，覃恩贈淑人。

德門慶遠，瞻彼女師。松筠抗節，書史兼資。式微躬挽，祥濬孫枝。懷清永歎，賁在簡書。

宋浙東路馬步軍副總管静海軍節度使沿海制置使贈少保忠勇李公神道碑[一]

賜進士第通奉大夫浙江承宣布政使司分守杭嘉湖右布政使前户部浙江司郎中知真定廣平杭州三府事莆田後學門下生唐繼盛頓首拜撰文

[一] 據丁丙編武林文獻外編明五（武林文獻第三十七册，香港大學圖書館藏鈔本）録文。文末小字注「石刻。按李公墓既在八盤嶺，而杭府與錢邑誌丘墓内俱不載。其後人所謂涼菴先生，亦不知何官。其撰文之（際唐盛）（唐繼盛），官浙江右方伯。時蓋崇禎三年也。」按崇禎二年，李之藻受命入京修曆，十一月自杭州府啓程（徐光啓集，頁三四三）。之藻爲先祖李寳建神道碑當在本年。

賜進士出身中大夫浙江承宣布政使司分守温處道右參政前翰林院簡討提督雲南學政、工部屯田司郎中吉州後學通家生楊師孔頓首拜篆額

賜進士出身中憲大夫前奉敕提督浙江學政提刑按察司使户部陜西司員外郎知杭州府事閩後學門下生孫昌裔頓首拜書丹

宋忠勇李公，諱寶，南渡後飛將也。公從虜中拔歸，諳晰北事，高宗嘗召對與語，器之。時完顔亮敗盟，信淮浙奸民計，造舟潞河，命將蘇保衡統軍，欲繇海道襲兩浙。諜聞，倉卒命將。高宗思其言，授浙東路副總管，駐平江捍海。公聞命亟發，僅挾艘百二，戰士五千人，甲仗糗賫咨備。既抵江上，先遣其子公佐及别將邊士寧前往偵敵。公遡西北風，出大洋行三日，風愈厲，公酹酒自誓，神色不沮。士寧自密州先還，悉知敵耗。公佐復同魏勝得海州。公喜甚，士氣百倍，方趣進師，風又大作，濤湧如山，公行益奮。時海州重圍，旌麾彌望，公引兵登岸，握槊大呼，鼓行而前，敵出不意，爲奪氣，解去。公獎勝忠義，勉以功名，四遣辨士，招集降附。山東豪傑起兵應援者，至數萬人。唐島之捷，驟以輕師壓虜，俘斬無算，梟其帥鄭家奴等六人，并禽奸民爲鄉導者上於朝。焚其輜裝，火達四晝夜。高宗聞之，大喜曰：「朕自用寶，果立首功。」敕書「忠勇」，表其旌旗，就除節度、制置二

官，賞錫有加，卒贈檢校少保。公之戰功如此。當海陵南渡，擁衆四十萬，分諸道爲三十二軍，浮梁絶淮，真有投鞭斷流之意。虎臣宿將，零落晨星，廟議恇擾，復出航海下策。賴陳、虞兩公謀斷於内，公父子與魏勝呼應於外，小朝廷之不化爲左衽者，幸也。蒼山之圍，新橋之戰，勝幾不免虎口矣。亮計渡淮之後，可以乘勢長驅。何物海州，猶睨其後，故分兵數萬，必欲滅此朝食。何圖金鼓艅艎，自天而下，遂使神弓飲羽，鬼彈收丸。迨膠西敗問至，老羞成怒，高趾忽蹶，三日渡江之令下，而變從帳中作矣。史稱向非唐島之捷，則亮首未易授，錢塘未易守。非虚語也。

公生圖麟閣，没葬青山，後遭妖髡之禍，風雷哀怨，常繞八盤嶺間，其封樹兆域，髣髴猶在。子孫避元，無一人入仕版者，天錫忠貞，篤生吾師涼菴先生，繹念先澤，力護遺隴，玄堂釜坊，以次修繕。其牒系支派，則五世祖志廣公實表明之。世有喆人，繩其祖武，天之報施公不淺矣。吾師學洞天人，才兼文武，河渠有志，囧牧有書。又精西極之言，豫徵澳夷火器，寧前之役，賴舉奇功。公絶口徙薪，安心隱豹，惟孜孜以述祖德、表先徽爲事。適當聖主中興，湖山滌垢，外掃鯨鯢，内屏狐鼠。此亦前朝忠烈吐氣舒神之日，爰樹貞石，用紀殊勳，禮也。工甫竣，而簡命亟召師入。濱行，詔小子際盛曰：「子其爲我敘隧道而銘之，使余得了此一片石，而去尤不世之感也。」盛於先生爲門下士，不可以辭。銘曰：

南渡百六罹犬羊，巾幗偷安守一方。海陵昏暴比符羌，立馬吴山志未量。蒲牢驅浪勢正張，廻顧雉翮猶彷徨。剛牙陰火淬電光，忽碎艑帆如墜霜。中有神人蹈鼉梁，天吴九首走且僵。血流丹浦弓扶桑，毛人不復踰堞牆。捷書遥夜達錢塘，晨飲猶在玉麟堂。槐槍遽落瓜儀數，百年立國始金湯。誰爲虎頭飛食強，銘功熟釜紀旂常。馬鬣雖殘蜕骨香，忠魂依月□青荒。兩峰自高水自長，孤忠異代尚相望。仙李根蟠葉亦芳，十三傳始紆金章。樵蘇不採贔屭煌，天門八翼方翺翔。

答李我存水部啓[一]時從閩校士來

【黄克纘】

龍門地迥，作冠冕于南州；水部名高，司咽喉於東土。交慚倚玉，喜荷贈瑶。恭惟門

〔一〕據黄克纘數馬集（四庫禁燬書叢刊集部第一八〇册影印清刻本）卷二十八（13b—14a）録文。此文約作於萬曆三十一年。

下，吴山鍾其秀拔，湖水漾以澄清。文比浙江，潮湧波濤于萬斛；胸同滄海，日耀金碧以千層。得士九十人，看持衡于海國；懸崖三千仞，觀蹈水于吕梁；矧汶泗居其上流，而轉輸藉以北向。隨盈隨涸，驚心清濁之流；或洩或隄，竭力胼胝之事。濟大川者，是爲舟楫；識時務者，在乎俊傑。某憂民有志，專閫無能。分鄰光于一宵，竊自幸已；沾河潤于九里，敢無言乎？而金玉之音，以時而至；瓊琚之報，視投益奢；感與媿并，而怍隨忭會。敢不拜冬官之賜，庶幾結歲寒之盟。

復李我存〔一〕　【黄承玄】

憶自甲辰之春，奉睽光範，荏苒一紀矣。風馬各天，起居寥廓，跂仰蜚騰，丰采實勞夢寐。河伯有靈，借籌前箸，望龍門一水而近，乃鞅掌程書，蹉跎修問。忽荷鼎函，寬其

〔一〕據黄承玄盟鷗堂集（上海圖書館藏天啓四年刻本）卷二十六書柬（15a—16b）録文。按南河志，萬曆四十三年敕諭工部管南河郎中督徵木植。啓云「大木倚藉賢勞」，當即此事。又云「甲辰之春，奉睽光範，荏苒一紀」，似當作於萬曆四十四年。

踈節，而屬念勤惓。感臺下雅誼，若對謦咳。不佞弟則三復赧然矣。臺下以中流砥柱之風槩，攄巨川舟楫之宏猷，坐使咽喉衽席，功掩宣房。異日者，錫圭賜履，升華不次，非臺下其誰哉？讀飛函，知以大木倚藉賢勞，竊恐夙蠹一時未易究詰，未免重煩指顧耳。屬在敝府者，感不奉行，原案謹先呈覽。日因考校之役，牢騷月餘，久稽使命，主臣主臣。

與李我存太僕〔一〕辛酉二月

【徐光啓】

東事披猖至此，此如早暮寒暑必至之期，而人情以爲出其不意耶？汲引紛如，弟每厠名其中，以勢度之，恐見及者皆夙昔相期之人，若知其不才而舍之者甚衆也。果欲用弟，則夙所陳説，必一一致行然後可。一言不見信，一事不盡法，恐終無益於事也，是惟翁丈知之。方今何等時，而可以君國僥倖，易旦夕之暫榮耶？嗟乎！人各有心，知言甚

〔一〕據徐光啓徐氏庖言（徐光啓著譯集影印明刻本）卷四（11b—14a）録文。辛酉，天啓元年。

難，專委任而責成功，此意不復見於今之時，知吾曹必獲免于今之世矣。

又辛酉五月

讀泰蒙公手札，以手加額，此功成，真國家千萬年苞桑之固，惟兄知此言大而非誇也。荀卿言用財欲泰，用之而當，雖泰實省。目前軍火器械皆非克敵制勝之具，弟前疏謂今日之害，只是拘泥常格，因循積弊。不除此二端，雖空竭帑藏，終無實用、終無戰勝守固之理。今時危勢亟，正是可爲之時，又得泰老主之，仁兄佐之，豈非多難興邦、國以人興之一機乎？一切修造大應集思詳議，有實用，須數倍工價不足惜；無實用者，雖毫釐亦妄費也。火器一節，少不如法，非止無益，傷害極慘，尤宜慎之。昨與敝同年言一器佳惡，而孫愷老云：「不必與辨，第須造成試之。」此言可謂居要。第試亦有真僞，今之名爲試驗，實受匠役所欺者多矣。武弁方士，類言火器，而十無一真，亦宜擇善而從，長中取長可也。近言戰車者，但取輕便，昔年俞虛江所造，一槩抹摋。不知賊之車甚堅甚重，與之火器甚大甚多，而專以輕小當之可乎？愚意謂宜兼用，慎勿一向求輕也。火藥合成者不宜太多，餘宜煉清各貯以防火，且多備杵臼，事急之日，人人可以用力，何患不及乎？更如西國法，多備連臼尤便矣。若多積并積，游行出地之火，時有焚燒，非天災也。敵臺費鉅，大砲費亦鉅，如得泰老主持，弟尚欲專請内帑助之。此萬世之計，而金石不毁，千年常在，不比尋常之費一往不返者，計明主所不靳也。今時所最急而一時不能猝辦者，無如盔甲，亟須佳樣爲可。有神器而無精甲利兵，終不可戰，望留意計之。

又壬戌〔一〕

東事之殷，弟於人情事勢，稍稍知有今日，故請出使東藩，少可幹濟一二耳。既已差池，便當噤口束手，而感激隆知，勉就時局，尚圖萬一之倖，不忍逆料其必如所料也。既而果然。迨遼陽既陷，當事者方一意借重，翁丈亦出身任事，而弟不敢沮。弟之既去，亦知翁丈之必有今日。前書中畧及之而不敢盡，蓋亦圖萬一之倖，猶前志也。孰料其又如所

〔一〕壬戌，天啓二年。

料耶！雖然，使後來者果能了此，吾輩又何求焉？吾輩所志、所言、所事，要可俟諸天下後世而已，他勿論矣。

與李我存太僕書[一]癸亥 【茅元儀】

與先生俯而泣，仰而別，愴乎有餘恫焉。至長安而哽咽如一日也。廼見張將軍必不欲東，百口開之，其如畏粵如虎哉！及抵關涯，畧爲督師公言之，督師公之急張將軍如左右手也。即粵者亦涣然，遂復咨請而告夷人辭闕矣。惜哉！然其法，儀令人陰肄之，得其一二，或有濟乎？二祖十宗實鑴先生之功矣。咫尺故鄉，有如隔世。人言虜不至，儀謂虜至尚可爲，苟不至而天下之禍更大。儀何言哉！一死以質二祖十宗，庶知其非賈官者也。異日以質之二祖十宗者，今日先以質之先生。哽咽逾甚，不能多譚。

[一] 據茅元儀石民四十集（四庫禁燬書叢刊集部第一一〇册影印崇禎刻本）卷九十一録文。癸亥，天啓三年。

送李我存年兄補官北上〔一〕

【陳邦瞻】

杯酒重尋十載歡，征軺那復向長安。愁邊湖嶠昏煙合，夢裏蘆溝曉月寒。龍氣久從霄漢滿，羊腸總入世途難。亦知邂逅朋簪在，看爾新彈貢禹冠。

廣陵逢李我存工部〔二〕

【蘇惟霖】

碧波白月漾輕舟，此地逢君江上遊。南北經營皆起部，燕齊來往又新秋。六朝事業全洪水，一榜兒郎半白頭。最是熱心休不徹，空堂深話總含愁。

〔一〕據陳邦瞻陳氏荷華山房詩稿（四庫禁燬書叢刊集部第八册影印萬曆四十六年刻本）卷十九録文。李之藻補官北上，時在萬曆三十六年。

〔二〕據蘇惟霖兩淮遊集蘇侍御詩卷一（美國國會圖書館藏萬曆刻本）録文。按蘇侍御詩，本篇作於萬曆三十八年五月初六。

百萬軍儲一水涯，使君治水若爲家。飛舸幾入無人曲，伐脈時通山鬼斜。甲子佇看圭璧奏，庚辰何意境緣差。孤臣去就輕秋葉，今日閒拈還嘆嗟。

贈李我存工部〔一〕 【李若訥】

月漾仙舟抵玉河，謫仙人地秀嵯峨。吴山借姓堪標李，水部知名不讓何。客俠翻醒燕市酒，京塵猶素越人羅。相逢爲有奇相問，此際談天碣石多。

贈李振之水部〔二〕 【高出】

白露秦淮河，天宇薄凄清。秋雨啼蟋蟀，夜嚴石頭城。寒燈兩人對，晤言同門生。昔别不

〔一〕據李若訥五品稿（中國科學院國家科學圖書館藏萬曆刻本）第三册録文。

〔二〕據高出鏡山庵集郎潛稿（四庫禁燬書叢刊集部第三十一册影印天啓刻本）卷一録文。

知時，壯老互相驚。豈伊嬰世累，拙宦固同聲。脈脈以屏營，歡愛在合并。愧無芳草貽，聊爲長干行。

二

舉世夫何屆，之子抗高節。冥心契無始，造化符神哲。遂證周髀誤，亦晰渾儀閣。智真見星辰，身可致稷契。陸沉北復南，胡爲遠朝列。有才多刺眼，古人憤視舌。與君同素心，毋然計巧拙。所恨道揆微，反側憂心惙。

三

南國蘼蕪多，雨色陰澤蘭。江聲來席上，虚帷生薄寒。庭樹葉時下，萬籟聞鐘山。秋氣欺遠客，内結獨無言。天風吹我衣，燕雀行知還。共兄即骨肉，且復酒杯乾。

舟次大野贈李振之水部〔一〕

【鄭懷魁】

鉅野諸流合，玄冬積潦清。君𢹂湖渚上，望與蜀山平。魯日留帆席，齊雲入酒鎗。坤儀憑霽潤，坎德近寒明。望岱卑陽谷，談天渺大瀛。文心真緯地，周髀試方程。行步臨三汶，員官轉二京。沙澄弧矢直，漕駛舳艫輕。楊柳堤偏壯，來牟隴盡耕。冀東青兖服，首序禹功成。

送李我存太僕以修曆赴召并訊徐玄扈宗伯與太僕同與曆事〔二〕

【鄭以偉】

五雲宫樹别春明，夏日〔三〕相逢話隔生。頑鐵乍爲荷上躍，驪歌又送柳邊行。堯天再闢開

〔一〕據鄭懷魁葵圃存集（尊經閣文庫藏萬曆刻本）卷三録文。

〔二〕據陳濟生輯啓禎遺詩（四庫禁燬書叢刊集部第九十七册影印順治刻增修本）卷五録文。時在崇禎二年。

〔三〕「夏日」，第二字底本漫漶。

瓊宇，卿月親頫[一]在玉衡。知採耶穌資敬授，農時予亦樂躬耕。

過李我存先生山莊見老鶴壞翅慨然有作[二]　【張之奂】

主人别去幾經年，摇拽倦鳴竹樹邊。憐爾柳瘿生左肘，翛然舞袖缺東偏。可能放翮孤山外，未許掠舟赤壁前。華表令威何日反，空留病骨老癯僊。

〔一〕「親頫」，「頫」字疑誤。
〔二〕據張之奂汗漫唫（日本公文書館藏明刻本）第六集録文。

附録三　李之藻著譯編校作品知見録

西學類：

坤輿萬國全圖　利瑪竇授　李之藻訂　萬曆三十年刻本

題辭：利瑪竇（萬曆壬寅孟秋吉旦歐邏巴人利瑪竇謹譔）、李之藻（浙西李之藻撰）、楊景淳（蜀東楊景淳識）、陳民志（泚陽陳民志跋）、祁光宗（東郡祁光宗題）、吴中明（歙人吴中明撰）

刊記：錢塘張文燾過紙　萬曆壬寅孟秋日

據京都大學圖書館藏本。京都大學網站收録高清數字圖像。黄時鑒、龔纓晏利瑪竇世界地圖研究（上海古籍出版社，二〇〇四）附全圖影印本。

渾蓋通憲圖説二卷首一卷　李之藻演　鄭懷魁訂　萬曆三十五年樊良樞刻本

九行十八字白口單魚尾四周雙邊有刻工

車大任序（渾蓋通憲圖説序……萬曆丁未中秋日賜進士出身大中大夫浙江等處承宣布政使司右參政前按察司副使奉勑整飭嘉湖兵備南京禮部精膳司郎中知福州嘉興二府楚人車大任子仁父撰）

鄭懷魁序（渾蓋通憲圖説序……萬曆丁未八月既望漳南鄭懷魁輅思甫書於栝雙芝亭，豫章後學余槩書）

李之藻序（渾蓋通憲圖説自序……萬曆彊圉叶洽之歲日躔在軫仁和李之藻振之甫書於栝蒼洞天）

樊良樞跋（鍥渾蓋通憲圖説跋……萬曆疆圉協洽之歲日躔在軫豫章樊良樞致虚甫譔并書）

卷首題：渾蓋通憲圖説首卷　浙西李之藻振之演　漳南鄭懷魁輅思訂

卷下末署：新安汪極繪圖。樊良樞跋末行刻：督工主簿泰寧葉良鳳。

據清華大學圖書館藏本。

渾蓋通憲圖説二卷首一卷　李之藻演　鄭懷魁訂　天學初函本

九行十八字白口單魚尾四周雙邊

李之藻序（渾蓋通憲圖説自序……萬曆彊圉叶洽之歲日躔在軫仁和李之藻振之甫書於栝蒼洞天）

樊良樞跋（鍥渾蓋通憲圖説跋……萬曆疆圉協洽之歲日躔在軫豫章樊良樞致虚甫譔并書）

卷首題：渾蓋通憲圖説首卷　浙西李之藻振之演　漳南鄭懷魁輅思訂

據原金陵大學藏天學初函，臺灣學生書局一九七八年影印。

容較圖義一卷（乾坤體義下卷）　利瑪竇口譯　李之藻筆受　畢懋康參訂　萬曆三十六年佘永寧刻本

乾坤體義三卷

十行廿字白口無魚尾四周雙邊

卷上題：乾坤體義上卷　泰西利瑪竇輯　新安畢懋康演

卷中題：乾坤體義中卷　泰西利瑪竇輯　新安畢懋康演

卷下題：乾坤體義下卷　泰西利瑪竇口譯　武林李之藻筆受　新安畢懋康參訂　容較圖義

據神户市立博物館藏本（乾坤體義與法界標指合刊）。卷上闕首葉，題署據卷中類推。法國國家圖書館（巴黎）藏乾坤體義佘永寧刻本後印本（Chinois 4897），畢懋康、李之藻署名均被挖去。卷上、卷中署泰西利瑪竇輯，卷下留空則無署名。乾坤體義卷下容較圖義即圜容較義之初刻。

圜容較義一卷　利瑪竇授　李之藻演　天學初函本

十行廿二字白口單魚尾四周雙邊

李之藻序（圜容較義序……萬曆甲寅三月既望涼庵居士李之藻題）

卷首題：圜容較義　西海利瑪竇授　浙西李之藻演

據原金陵大學藏天學初函，臺灣學生書局一九七八年影印。

同文算指前編二卷通編八卷　利瑪竇授　李之藻演　天學初函本

十行廿二字白口單魚尾四周雙邊

徐光啓序（刻同文算指序……萬曆甲寅春月友弟吴淞徐光啓撰）

李之藻序（同文算指序……萬曆癸丑日在天駟仁和李之藻振之書於龍泓精舍）

楊廷筠序（同文算指通編序……鄭圃居士楊廷筠撰）

前編總目後刻：澶淵王嗣虞　新安汪汝淳　錢塘葉一元同較梓

前編卷首題：同文算指前編卷上　西海利瑪竇授　浙西李之藻演

通編總目後刻：澶淵王嗣虞　新安汪汝淳　錢塘葉一元同較梓

通編卷首題：同文算指通編卷上　西海利瑪竇授　浙西李之藻演

據原金陵大學藏天學初函，臺灣學生書局一九七八年影印。

同文算指别編　利瑪竇授　李之藻演　存一卷　抄本

九行廿字無格凡四十一葉

卷首題：同文算指别編卷□　西海利瑪竇授　浙西李之藻演

據法國國家圖書館（巴黎）藏本，中國科學技術典籍通彙數學卷第四册影印。

寰有詮六卷　傅汎際譯義　李之藻達辭　崇禎元年刻本

九行十九字白口單魚尾四周單邊

李之藻序（譯寰有詮序……崇禎元年戊辰日躔天駟之次後學李之藻盥手謹識）

目録後刻：靈竺玄棲藏板

卷首題：寰有詮卷之一　波爾多曷後學傅汎際譯義　西湖存園寄叟李之藻達辭

卷六後刻：遵教規凡譯經典三次看詳方允付梓　耶穌會中同學黎寧石　曾德昭　費樂德共訂　值會陽瑪諾閲准　皇明天啓五年立夏譯完　崇禎元年秋分刻完

據華東師範大學圖書館藏本，四庫全書存目叢書子部第九十四册影印。

名理探五卷名理探十倫五卷　傅汎際譯義　李之藻達辭　崇禎十二年刻本

九行十九字白口單魚尾左右雙邊

李天經序（名理探序……崇禎九年日躔壽星之次奉命督修曆法山東布政司右參政李天經書於修曆公署）

李次彪序（名理探序……崇禎祝犁單閼之歲日躔降婁仁和後學李次彪譔）

名理探目録大題次行刻：名理探一學統有五端大論首論有五卷

目録後刻：同會曾德昭　費奇規　費樂德訂　值會陽瑪諾允

名理探卷首題：名理探卷之一　遠西耶穌會士傅汎際譯義　西湖存園寄叟李之藻達辭

名理探十倫目録大題次行刻：名理探一學統有五端大論首論有五卷

名理探十倫卷首題：名理探十倫卷之一　遠西耶穌會士傅汎際譯義　西湖存園寄叟李之藻達辭

據傅斯年圖書館藏本。法國國家圖書館藏本無李天經、李次彪二序。

泰西水法六卷　熊三拔譔説　徐光啓筆記　李之藻訂正　天學初函本

十行廿二字白口單魚尾左右雙邊

徐光啓序（泰西水法序……萬曆壬子春月吴淞徐光啓序）

曹于汴序（泰西水法序……萬曆壬子歲夏五月望日賜同進士出身吏科給事中河東曹于汴撰）

彭惟成序（聖德遠來序……萬曆壬子孟夏日廬陵彭惟成書于良鄉公館）

鄭以偉序（泰西水法序……上饒鄭以偉撰）

諸序後刻：考訂校刻姓氏　安邑曹于汴　廬陵彭惟成　上海姚永濟　徐州萬崇德　瀘州張鍵　平湖劉廷元

華亭張鼐　永年李養志　華亭李凌雲　同仁楊如皋

熊三拔引言（水法本論……萬曆壬子初夏泰西耶穌會士熊三拔謹撰）

卷首題：泰西水法卷之一　泰西熊三拔譔説　吴淞徐光啓筆記　武林李之藻訂正

據原金陵大學藏天學初函，臺灣學生書局一九七八年影印。

聖水紀言一卷　楊廷筠講　孫學詩述　張文燾校　萬曆間李之藻刻本

十行廿二字白口單魚尾四周雙邊

李之藻序（刻聖水紀言序……東海波臣李之藻題）

卷首題：聖水紀言　後學孫學詩述　張文燾校

據耶穌會羅馬檔案館明清天主教文獻第八册影印明刻本。

辯學遺牘一卷　李之藻編　天學初函本

十行廿字白口無魚尾無格四周雙邊

内封刻識語：虞銓部未晤利公，而彼此以學商證，愛同一體，然其往來書牘惜多散佚。今刻其僅存者，喫緊提醒語不在多耳。蓮池亦有論辯，併附牘中。慎修堂識。

李之藻跋（涼菴居士識）

卷首題：辯學遺牘　習是齋續梓

收録：虞德園銓部與利西泰先生書、利先生復虞銓部書、利先生復蓮池大和尚竹牕天説四端

據中國國家圖書館藏天學初函。

天學初函二十種　李之藻輯　萬曆天啓間書板彙印本

李之藻序（刻天學初函題辭……涼菴逸民識）

理編總目

西學凡一卷　西海耶穌會士艾儒畧答述　附景教流行中國碑頌并序　大秦寺僧景净述

重刻畸人十篇二卷　利瑪竇述　後學汪汝淳較梓

交友論一卷　歐邏巴人利瑪竇譔

重刻二十五言一卷　大西利瑪竇述　新都後學汪汝淳較梓

天主實義二卷　耶穌會中人利瑪竇述　燕貽堂較梓

辯學遺牘一卷

七克七卷　西海耶穌會士龐迪我譔述　武林鄭圃居士楊廷筠較梓

靈言蠡勺二卷　泰西畢方濟口授　吴淞徐光啓筆録　慎修堂重刻

職方外紀五卷首一卷　西海艾儒畧增譯　東海楊廷筠彙記

器編總目

泰西水法六卷　泰西熊三拔譔説　吴淞徐光啓筆記　武林李之藻訂正

渾蓋通憲圖説二卷首一卷　浙西李之藻振之演　漳南鄭懷魁輅思訂

幾何原本六卷　泰西利瑪竇口譯　吴淞徐光啓筆受

表度説一卷　泰西熊三拔口授　慈水周子愚　武林卓爾康筆記

天問畧一卷　泰西陽瑪諾條答　豫章周希令　秣陵孔貞時　巴國王應熊仝閲

簡平儀一卷　泰西熊三拔撰説　吴淞徐光啓劄記

同文算指前編二卷通編八卷　西海利瑪竇授　浙西李之藻演

圜容較義一卷　西海利瑪竇授　浙西李之藻演

測量法義一卷　泰西利瑪竇口譯　吴淞徐光啓筆受　附測量異同一卷　吴淞徐光啓譔

句股義一卷　吴淞徐光啓譔

據臺灣學生書局一九七八年影印原金陵大學藏天學初函。排列次序據理器二編總目。書名作者據各書卷首大題。天學初函所收諸書，部份承用原有板片，部份爲翻刻，版式行款多樣。

非西學類：

四書宗注二十卷　李之藻述著　顧起元　邵景堯訂　萬曆二十八年余成章刻本

十二行三十一字白口單魚尾四周雙邊

顧起元序

卷首題：新刻翰林二先生訂正四書宗註龍門講大學卷之一　會魁我存李之藻述著　二翰林鄰初顧起元　芝南邵景堯仝訂　鄉進士建吾周官參閲　庠士九儀桂元標編次　書林仙源余成章刻行

現藏地不明，中國嘉德國際拍賣有限公司一九九八秋季拍賣會拍品，該公司網站展示卷首書影。卷首鈐朱文長印「四明天一/閣藏書記」，當即阮元天一閣書目（嘉慶十三年刻本）著録者。拍賣目録著録：「新刻翰林二先生訂正四書宗注龍門講大學　李之藻述著　明萬曆庚子（一六〇〇）刻本八册　竹紙」。參閲姜尋編中國拍賣古籍文獻目録（上海書店出版社，二〇〇一），頁三六〇。

京傳李會魁易經尊朱約言十卷　李之藻撰　萬曆間刻本

尊經閣文庫（東京）藏本。參見尊經閣文庫編尊經閣文庫漢籍分類目録（昭和九年鉛印本），頁四。

閔家三訂易經正文四卷　黄汝亨　李之藻校　萬曆間書林源盛堂余氏刻本

卷首題：新刻京本正爲音釋分章周易上經正文一卷　會魁黄汝亨貞父甫　李之藻振之甫仝校　書林源盛堂余氏刊行

據羅馬耶穌會檔案館藏本。書名據内封。參見 Albert Chan（陳綸緒）*Chinese Books and Documents in the Jesuit Archives in Rome, a Descriptive Catalogue*（New York & London：M. E. Sharpe，2002），p. 6。卷題「爲」係「譌」字之誤。

鍥熙朝名公書啓連腴　存書集八卷　顧起元彙選　李之藻校釋　萬曆二十九年萃慶堂刻本

九行二十二字白口單魚尾四周雙邊

内封：萃慶堂板　顧會元集於玉堂之署　書啓連腴　辛丑歲孟冬之吉梓行

鄭明選序（書啓連腴弁言……萬曆辛丑歲麥秋上浣之下西吴鄭明選譔）

書啓連腴名公姓氏總録（下分書集、啓集，前者列王世貞等三十一人，後者列王命爵等三十九人）

卷首題：鍥熙朝名公書啓連腴卷之一　震東顧起元彙選　我初李之藻校擇

卷一至卷四卷首次行題「書腴前集」，卷五至卷八卷首次行題「書腴後集」。

據重慶圖書館藏本。又關西大學圖書館藏一部。

按，盛明七子尺牘註解諸篇什多見於鍥熙朝名公書啓連腴，似是後者的改編本。震東、我初，似非顧起元、李之藻別號，二書或係坊刻託名，未必爲二人所編。

盛明七子尺牘註解七卷　顧起元彙選　李之藻校擇　三浦衛興訓點　延享四年江户須原屋　茂兵衛等刊五年補刊本

九行十八字白口單魚尾四周雙邊

内封：瓶山先生考訂　明七子尺牘　皇都書林翻刻　不許翻刻千里必究

三浦衛興序（重刻七子尺牘序……延享丁卯季秋石州三浦興淳夫撰）

七子姓名

卷首題：盛明七子尺牘註解卷之一　震東顧起元彙選　我初李之藻校擇

卷七末刊記：丁卯秋成翻刻　戊辰春加參訂

三浦衛興跋（題七子尺牘後）……寬保辛亥秋石州浦與稽元卿）

書末刊記：延享四年丁卯八月吉旦　京四條富小路角山田叁郎兵衛　同堀川佛光寺下町河南四郎右門　江户日本橋南壹町目須原屋茂兵衛　翻刻

淮海集四十卷後集六卷長短句三卷　秦觀撰　萬曆四十六年李之藻刻本

九行廿一字白口單魚尾左右雙邊有刻工

李之藻序（重刻淮海集序……萬曆戊午孟夏之吉賜進士出身奉政大夫工部都水清吏司郎中三奉勅提督河道兼督木仁和後學李之藻撰）

姚鏞序（重刻秦少游淮海集序……萬曆戊午仲夏既望巡按直隸監察御史太原姚鏞撰）

張綖序（秦少游先生淮海集序　同郡後學張綖撰……嘉靖己亥秋九月望日書于鄂之石鏡亭）

盛儀序（重刻淮海集序……嘉靖乙巳孟夏月庚子日後學江都盛儀拜書）

郡志本傳（淮南外史王應元撰）

宋人諸序、書劄

校刻淮海集姓氏　敕理河道工部郎中仁和李之藻校刻　高郵州知州海鹽王廷俊仝校　同知階州蹇遇泰　判官漳州康萬有　浮梁曹一誠　署學正事舉人晉江韋泰福　訓導潁州王文炳　鄒縣趙一介　陽城閻敬仝閱　前貢

生王應元　郡庠生陳有典　張承華　毛一駿　朱邦道　薛希夔　李應軫　吴光範　張廷瑋　陳吾道　王百祥　王百順參閲

卷首題：淮海集卷之一　宋高郵秦觀少游撰　明仁和李之藻振之校

據中國科學院國家科學圖書館藏本。

江湖長翁文集四十卷　陳造撰　萬曆四十六年李之藻刻本

九行廿一字白單魚尾口左右雙邊有刻工

李之藻序（刻江湖長翁文集序……萬曆戊午季春之吉仁和後學李之藻書）

姚鏞序（刻陳唐卿江湖長翁集序……萬曆戊午仲夏既望巡按直隸監察御史太原姚鏞撰）

宋人諸序、墓誌銘

校刻江湖長翁文集姓氏　敕理河道工部郎中仁和李之藻校刻　高郵州知州海鹽王廷俊仝校　同知階州蹇遇泰　判官漳州康萬有　浮梁曹一誠　署學正事舉人晉江韋泰福　訓導潁州王文炳　鄒縣趙一介　陽城閻敬仝閲　前貢生王應元　郡庠生陳有典　張承華　毛一駿　朱邦道　薛希夔　李應軫　吴光範　張廷瑋　陳吾道　王百祥　王百順參閲

卷首題：江湖長翁文集卷之一　宋高郵陳造唐卿撰　明仁和李之藻振之校

據上海圖書館藏本。

頖宫禮樂疏十卷　李之藻著　萬曆四十六年馮時來刻本

十行廿二字白口單魚尾四周雙邊有刻工

董漢儒序（頖宫禮樂疏序）……萬曆戊午季春之吉賜進士出身通奉大夫奉勅提督軍務巡撫湖廣等處地方都察院副都御史今予告澶淵董漢儒書）

王納諫序（頖宫禮樂疏序）……江都王納諫謹序）

林欲楫序（刻頖宫禮樂疏序）……萬曆著雍敦牂之歲日在東井國史編脩晉江門人林欲楫謹序）

馮時來序（讀頖宫禮樂疏）……直隸徽州府知婺源縣事晉安門人馮時來謹序）

頖宫禮樂疏凡例

目録後刻：星源典樂門生潘中孚校閲　監生門生詹養心　江元氣　韓起龍　程道弘校梓。

卷首題：頖宫禮樂疏卷一　浙西後學李之藻著　門人晉江馮時來校

卷二題：頖宫禮樂疏卷二　浙西後學李之藻著　門人莆田佘士芳校

卷三題：頖宫禮樂疏卷三　浙西後學李之藻著　門人餘杭孫有禄校　男長楙次彲重校

卷九題：頖宫禮樂疏卷九　浙西後學李之藻著　門人晉江馮時來　侯官吴爾施同校

卷九末刻：慎修堂藏板

卷十題：頖宫禮樂疏卷十　浙西後學李之藻著　門人晉江馮時來校　男長楙次彪重校

陳正學跋（跋……己未立春東冶門人陳正學敬跋并拜手書）

據上海圖書館藏本。陳正學跋臺北「國家圖書館」藏本補録。

人名索引

（正文未出現之本名加星號＊　耶穌會士標注 SJ）

A

B

C

D

F

G

H

J

K

L

T

W

X

Y

Z